AF192128

Hein de Jong

BUITEN
HET
INNERLIJK

novum ▲ pro

Dit boek is ook als
e-book
verkrijgbaar.

w w w . n o v u m p u b l i s h i n g . n l

© 2022 novum publishing

ISBN 978-3-99131-288-8
Geredigeerd door: Meggie Moors
Omslagfoto:
Yulia Bulgakova | Dreamstime.com
Ontwerp omslag, lay-out & typografie:
novum publishing

www.novumpublishing.nl

Inhoud

Wat Alice overkwam

Alice telt achttien jaren. Ze heeft donker haar. Iemand moet haar de hemel in geprezen hebben, want zonder dat zij iets bijzonder goeds heeft gedaan, werd zij niet aangehouden. Zij kan haar oogleden sneller bewegen dan een vlinder haar vleugels. De persoon die zij met deze gave behandelt, wordt loom. Zij kan het als wapen toepassen in bedreigende situaties. Bovendien is zij begiftigd met een helder verstand.

Haar vader Ferdinand vindt dat ze haar talenten moet reserveren voor het lezen van literatuur. Alice begint op zijn aanraden met het lezen van *Het Proces* van Kafka. Ferdinand hoort haar zeggen: 'Jij moet niet denken dat ik deze vakantie zal blijven lezen.' Af en toe klapt zij het boek dicht en roept uit: 'Ik wil rijk worden.' Begrijpelijk. Mooi en gezond is zij al.

Haar jongere zus Carla is donkerblond. Ze heeft groene ogen en torst met groot gemak haar intelligentie zoals een mannequin een boek op haar hoofd draagt. Zij is wijs in haar oordeel. Wanneer haar woorden door haar complexe gedachtegang aan snelheid tekortschieten, compenseert zij dit zonder moeite met diepgang. Wanneer ze haar vader vertedert en hij haar wang wil strelen, roept zij vlak voor zijn aanraking de Latijnse toevoeging 'ad', wat voor haarzelf betekent 'af', blijf af, en voor haar vader de betekenis heeft van toevoegen, zoals bij adjuvans.

Haar vriendin Elisabeth heeft een veel te lange naam voor haar kwikzilverachtige geest en is tevreden met de naam die zij draagt. Het opvallende aan Elisabeth is dat zij zinnen die anderen aan het uitspreken zijn, al begrijpt voordat de helft is gezegd. Zij is tenger gebouwd en heeft een voorliefde voor debatteren. Ze leest zonder aansporing van haar ouders wereldliteratuur. Voortreffelijk opgevoed als ze is, kan een discussie met haar ineens platvloers eindigen met 'nu heb ik je klem geluld.'

Haar moeder Catherina is in de veertig en kunsthistorica. Ze heeft onlangs nog de Hermitage in Sint-Petersburg bezocht en zou zelf absoluut niet misstaan op de schilderijen die zij aan haar onderzoeken onderwerpt.

Adrian, haar vriend, is een telg uit een oud boerengeslacht. Hij is wetenschapper en als enige van de familie hoogleraar. Hij dankt deze uitzonderingspositie aan het feit dat hij het trainen van zijn brein niet kan stoppen. Hij gaf niet alleen koeien een naam, ook paarden, geiten en schapen. Met zijn affiniteit met dieren had hij nog boer kunnen worden of bioloog. In restaurants bestelt hij, sinds zijn reizen naar exotische landen, bij voorkeur darmen, alvleesklieren, hersenen, schapenkoppen, koeienwangen en varkensnekken. Hij verzint meestal een troetelnaam voor hij het dier verorbert. Ook keert hij in discussies vaak beweringen om. Hij kan naar de automobilist lopen, die achter hem in de file staat en zeggen: 'Heel goed dat u zo toetert. Zou u elke dag moeten doen.' Tegen een winkeljuffrouw: 'U heeft er goed aan gedaan te veel kaas af te snijden, ik heb genoeg geld.'

Met deze voorbeelden wordt hem geen recht gedaan. Rijkdom was, tot de erfenis die hem toeviel, niet het geval. Het is nog steeds passen en meten bij het aankopen van bouwmaterialen. Adrians irritante manier van omgaan met de mensen leidde weleens tot de vrees dat hij zelf geslacht zou worden. Een woord dat in zijn vocabulaire zomaar kan opdoemen.

Adrian verkocht het land uit de nalatenschap van zijn vader om de grootste ruïne van het dal te kunnen bekostigen, inclusief percelen welke door generaties lange vererving als het zwart van het dambord verdeeld zijn over vele terrasvormige oppervlakten. Hij wil de ruïne van buiten in oude glorie herstellen, van binnen moderniseren en zo weer bewoonbaar maken. Lugubere skeletten van verbrande olijfbomen, waarvoor zelfs Don Quichot een omweg zou hebben gemaakt, staan juist op zijn grondgebied.

De ouders van Alice en Carla zijn ingegaan op de uitnodiging deze zomer mee te gaan naar Italië. De vader van Alice is net vijftig geworden en ging mee onder de voorwaarde niet gestoord te zullen worden bij het lezen van het werk van Freud. Hij is archivaris van beroep en heeft een voorliefde voor de cultuur van de negentiende eeuw. Adrian vroeg hem in het begin plagend of het onbewuste nog bestaat. Ferdinand antwoordde: 'Wat darmen zijn voor het lichaam, is het onbewuste voor de geest.'

Charlotte, de moeder van beide meisjes, is violiste. Alles bij elkaar genomen een aardig stel mensen, die anderen niet tot last willen zijn. Ze verdienen voldoende om er goed van te leven en reizen te maken.

Na enkele dagen keert Tina, de oudste zus van Alice en Carla, terug naar Amsterdam. In plaats van haar stage bij een voornaam advocatenkantoor te doorlopen, raakte zij verliefd op een client. De eerst zo bedachtzame Tina was ervan overtuigd haar vriend te kunnen veranderen in een nette burger. Zij kon zich echter na een mager resultaat niet van de crimineel losmaken. Het afstand nemen moest, om narigheid te voorkomen, omzichtig gebeuren, zoals een Japanse parlementariër na een misplaatste interventie beschaamd achterwaarts terugloopt naar zijn plaats.

Het losmaken vindt ondertussen nog steeds plaats en zal wel even duren om zo mishandeling of erger te voorkomen. Zij is onder zijn invloed semiprof kickbokser geworden en op eigen initiatief bij een concurrerende club van die man doorgegaan. Haar contracten lopen nog wel via die crimineel. Hij heeft haar daarmee aan een touwtje en blijft zo aan haar verdienen. Momenteel werkt zij voor haar inkomen als portier bij dance-evenementen. Ze controleert de leeftijden en de tasjes van de jonge bezoekers op meegenomen pilletjes en hulzen met lachgas. Ze kent geen angst. Tina is aan het afglijden op het hellend vlak van goed en kwaad, haar ouders weten niet op welk deel zij zich nu bevindt. Tina wil niet op haar levensstijl worden aangesproken en accepteert zeker geen ongevraagd advies.

Het wachten is nu op de vier Amerikaanse studenten, die tegen een kleine vergoeding plus kost en inwoning wekenlang het zware werk zullen doen. Dezen zien het verblijf in het oude Europa, vooral in Italië, als een bonus die op hun cv zal prijken.

Door de bosbrand die enkele jaren geleden woedde, is het hout van het gigantische huis met negen grote kamers, verbrand. De ingangen zijn nog steeds geblokkeerd door neergevallen stenen die eerder rustten op de houtverbindingen boven de deuren. Ook het cement is binnen en buiten op het platte dak door de zomerse hitte en winterse kou verpulverd. Op het dak is onkruid metershoog opgeschoten.

In afwachting van de komst van de Amerikanen zijn de meisjes alvast begonnen met het wegtrekken van onkruid en kappen van wilde braamstronken die op het dak wortel hebben geschoten. Aan de zijkanten van het huis bloeit valeriaan. Rondom het huis staat wilde brem welig te tieren.

Terwijl Ferdinand bij de rivier in de schaduw van het gebladerte in *Totum und Tabu* van Freud gelezen heeft en de steile helling naar de ruïne oploopt, hoort hij een verschrikte kreet. Alice heeft op het dak met haar kapmes een schorpioen doorkliefd. Het zwart glimmend diertje had zich verscholen onder een laagje broos geworden cement en probeerde zich terug te trekken naar een plek onder het gruis om bescherming te vinden. Net op dat moment haalde Alice uit. Het beestje, met zijn macho manier van lopen, moet op slag dood zijn geweest. De kraaloogjes bleven haar maar aankijken alsof het nog leefde.

De schreeuw van Alice doet Ferdinand denken aan vroeger toen de gemeenteambtenaar van Amsterdam zijn dochter in eerste instantie niet onder de naam Febe had willen inschrijven. Deze man stelde 'Phoibe' voor. 'Febe' zou als naam niet bestaan. Alice, haar tweede naam, is haar roepnaam geworden. Zou deze ambtenaar toch gelijk hebben gehad? Is haar kreet niet een uiting van een onbenoembare angst uit haar diepere zelf? Door die schreeuw heen klinkt mededogen met het gedode diertje. Adrian weet zeker dat het zwarte schepseltje niet in staat kan zijn geweest een mens een dodelijke beet te geven. Adrian bluft met plezier dit beestje op te kunnen eten.

De luchtigheid van deze opmerking maakt de ongerustheid van Alice niet ongedaan, integendeel. Buiten haar wil om heeft zij een schorpioen doodgeslagen en buiten haar macht om zal de natuur op de een of andere wijze terugslaan. Hoe? Weet ze niet. Ze is er zeker van. De bewering van haar vader dat magisch denken op volwassen leeftijd geen invloed meer heeft, stelt haar niet gerust. Het zou alleen nog voorkomen bij jonge kinderen en bij psychotische medemensen, in dromen en in primitieve culturen. Zijn opmerking mist elke uitwerking.

Carla is als zus eveneens aangeslagen en kijkt bleek voor zich uit. Haar moeder Lotte zegt tijdens het schoonmaken van haar lenzen ondertussen iets verstandigs, waardoor het college van Ferdinand stilvalt. Hem overvalt de geruststellende gedachte dat zijn vrouw geen dwangritueel heeft zoals hij eerder dacht, ze maakt te pas en te onpas haar lenzen schoon, om een spanning te doorbreken. Het wordt hem duidelijk dat zij een maniertje heeft verzonnen waarbij zij bij het uitvoeren ervan kort en krachtig uitdrukt hoe zij over een situatie denkt en netelige situaties kan veranderen.

Het riviertje

Door de vallei stroomt een helder bergriviertje met een klein verval kronkelend naar beneden, hier en daar verscholen onder het groene loof van de bomen. Het kabbelend water zoekt een doorloop tussen de uitlopers van de bergen die gelegen zijn ten oosten van de vallei.

Nu, in oktober, overdenkt Alice de gewelddadige periode van afgelopen zomer. Ze ziet zich weer zitten op een rotspunt, het water stroomt vrolijk langs haar benen. Met haar tenen speelt ze met keitjes die tussen gezonken bladeren zichtbaar zijn. De idyllische sfeer brengt haar in een kalme overpeinzing terug naar die tijd. Het zonlicht dringt door het gebladerte boven haar en tekent grillige patronen van licht en schaduw op het water en op de bodem. Miljoenen jaren oude, gladde stenen liggen te wachten om bij woest water een paar centimeter meegesleurd te worden richting zee.

Libellen met paarse vleugels en groenkleurige lijfjes vliegen af en aan. Eén strijkt vlak bij Alice neer. Ze staat een poosje roerloos stil. Ineens vouwt ze haar vleugels open tot een klavertje vier om later weer dicht te doen als een goed boek dat weer opengeslagen zal worden. Het geeft signalen door aan soortgenoten. Op een steen staan tientallen libellen recht in het gelid naast elkaar alsof zij in de houding staan voordat ze na een signaal van de leider van de groep als één geheel in actie komen. Soortgenoten met andere taken vliegen af en aan, sommige zijn gekoppeld aan een lichtbruine wederhelft.

Babyforellen laten zich door de rivier een eindje mee stromen en keren zich weer om. Ze staan met hun koppen tegen de stroom in zonder vooruit te willen komen. De groteren gaan alleen op onderzoek uit. Alice ziet boven en onder het wateroppervlak een spiegel van beloften van haar bestaan op weg naar volwassenheid. Het gaat haar niet meer om beroemd en rijk zijn. Hoe kan ik bij mijn eigenlijke bestemming komen, is meer haar vraag.

De rivier is op plekken meters diep ingesleten, de hoge oevers zijn dicht begroeid met bomen en slierten groen die zijn vervlochten met dode takken. Hier houden slangen zich schuil. Zal mijn leven ook met diepe dalen gaan en onverwachte hoogtepunten?

Oude verhalen van vroegere bewoners die nog de ronde doen vertellen van kleurrijke geschubde dieren, die zich in de afgelegen, subtropische valleien hebben weten te handhaven. Er moeten ook ongeïdentificeerde dieren zijn, wier bestaan men alleen maar vermoedt. Niemand heeft die dieren ooit gezien. Hun vorm wordt bepaald door de angsten van mensen die deze schepsels vrezen en zien er in hun fantasieën dan ook verschillend uit: van rond en langharig tot lang en kaal. Ze hebben op zijn minst één eigenschap gemeen, namelijk dat ze de geluiden veroorzaken die je kan horen bij het invallen van de nacht.

De vogels laten juist overdag hun gezang horen. Je kunt volgen hoe zij hun composities uitbouwen. Heel anders zijn de krekels met hun monotoon zaaggeluid, dat stilvalt en weer aanzwelt. Ze geven de stijging van temperatuur aan soortgenoten door, het zijn harde werkers. Zo is het geluid hier samengesteld uit het kabbelen van water, het gezaag van krekels en de composities van vogels.

Alice gaat op in de natuur en vergeet zo het angstige voorgevoel van na het doden van de schorpioen. Zij ziet de onmetelijke leegte boven haar die 's nachts bezaaid is met twinkelende sterren. Bij de rivier blijft het koel door minuscule zwevende deeltjes water. Niet ver van de rivier liggen hier en daar half ingestorte, van riviersteen opgetrokken ruïnes, waar vleermuizen huizen die met hun wonderbaarlijke vliegkunst een soort vrolijke verbazing opwekken.

Tegen de helling ligt het verlaten dorp Bussaré. De meeste huizen van dit gehucht verkeren in een vervallen staat. In het midden ligt de schaduwrijke Piazza Cavour met een fonteintje met druppelend drinkbaar water: de afvoer is verstopt. De stenen rondom blijven nat en zijn bedekt met mos en vastgeplakte bladeren. Eens per jaar wordt hier in de openlucht kamermuziek gespeeld door enkele ruïnebewoners samen met hun vrienden, die speciaal voor deze gelegenheid uit Nederland overkomen en weken kunnen blijven.

Boven het smalle straatje zijn bogen gemetseld die huizen aan weerskanten met elkaar verbinden en steunen. Het geheel is van een eenvoudige schoonheid. De aanblik van verlatenheid kan de bezoeker en zeker Alice desalniettemin aangrijpen met een donker gevoel van weemoed die op moet stijgen uit een bar verleden. Ook Alice heeft verzonken ervaringen die haar pijn doen, zonder de oorzaak te weten.

Door het dorp loopt een smal pad dat ooit belopen werd door muilezels die contrabande vervoerden. Het pad leidt enige honderden meters verder naar een wit kerkje waar drie huizen omheen staan. Daarvan zijn er twee weer bewoonbaar gemaakt. Eens per jaar wordt hier in september een processie gehouden. Uit naburige dorpen komen op die dag mensen wier voorouders in deze streek een deel van hun leven hebben geleid komen op die dag naar Piazza Cavour de plechtigheid bijwonen. Zelfs familieleden uit omstreken die ooit hun olijfbomen en wijnstokken hebben verzorgd. Ook naar het buitenland vertrokken oorspronkelijke bewoners zijn op die dag hier te vinden. Hun binding met dit in tweeën gevallen gehucht is even ondoorzichtig als geheimzinnig. Verschillende families onderhouden vetes met elkaar, vetes waarvan de oorsprong voor de meesten niet meer te achterhalen is. Alice snuift het verleden op als parfum.

Door een getralied venster aan de voorkant van het kerkje is een goudkleurige madonna op een paar meter afstand te zien. Zij kijkt de gluurder met een strak, meedogenloos gelaat aan. Mij maak je niks, straalt ze uit. De muur achter haar is met fresco's ingekleurd, de voorstellingen zijn niet goed meer waar te nemen. Deels omdat ze op plekken afgebladderd zijn, deels omdat de duisternis achter in het kerkje de mediterrane kleuren van de fresco's opslorpt.

De hellingen van de bergen zijn begroeid met naaldbomen en struiken. Op de noordflank staat een strook kale palen die van verre lijken op gebruikte luciferhoutjes. De bosbrand, die jaren geleden de bergkam over klom, woedde voort tot aan de ruïne die Adrian vorig jaar kocht. Zijn olijfbomen zijn tot de kruin verschroeid en donkergrijze skeletten geworden, als spoken die in een vlucht staande zijn gehouden en zijn blijven staan. Bij de grond komen frisse groene takjes tevoorschijn als een vrolijk antwoord van de natuur op de afbraak ervan. De groene blaadjes vertederen haar.

Op de lijn van de bergkammen ziet Alice een ander soort boom. Het moeten loofbomen zijn, want ze hebben door de wind die daar altijd waait de wonderlijkste vormen aangenomen. Zij doen Alice, die als in een long shot de omgeving weer voor zich ziet, in de verte denken aan koeien die de berg oplopen. De zuidelijke berg is de hoogste uit de omgeving, de bewolking die vanuit de zee aan komt drijven, glijdt over deze top de vallei in. De temperatuur 's zomers loopt zo hoog op dat wolken boven de vallei oplossen terwijl de bewolking uit het zuiden tegen de helling blijft hangen. Zo blijft het in de vallei meestal zonnig. Er zijn ook dagen met een lage zware bewolking die wel over de top doorschuift en over alle bergkammen glijdt, waardoor je de wonderlijke sensatie hebt te wonen in een gigantische kamer met berghellingen als muren. Het wolkendek, dat gefilterd licht doorlaat, kan langzaam zakken als het plafond in een Chinese martelkamer.

Bij zulke weersomstandigheden kunnen mensen echt gek worden, weet Alice. Het is voor haar tenminste een mogelijke verklaring van al die gebeurtenissen die de afgelopen maanden de gemoederen hebben beziggehouden. Het is haar duidelijk geworden dat er niet zoiets bestaat als een vanzelfsprekende schoonheid van de natuur die door bijzondere krachten bijeen wordt gehouden. Zij weet dat deze krachten vernietigend zijn wanneer ze niet gebruikt worden voor het eigenlijke doel van de Schepping, al weet ze niet precies wat het doel is. Daar wil ze achter zien te komen. Zij gelooft haar vader niet, die zegt dat het doel Verheven Liefde is. Eros. Alice laat alle ervaringen en indrukken bij zich binnenkomen en kan die niet onder één principe onderbrengen.

Bussaré

De theorie die ervan uitgaat dat de aard van de bodem van invloed is op de karaktervorming van de mensen die erop wonen is een onjuiste banale theorie. De aanhangers van zulke achterlijke ideeën vinden zichzelf altijd verheven boven anderen. Dit argument wordt door hen gebruikt om anderen zich minderwaardig te laten voelen en zichzelf superieur te wanen. Deze misleidende gedachtekronkel heeft niet alleen bijgedragen aan de gruwelen van de Tweede Wereldoorlog. Variaties op hetzelfde thema geven nog steeds voeding aan vetes tussen meerdere families in dit dal. De ene familie zal niets doen om de grond van zijn vijand te verbeteren, eerder het tegendeel. Naast opbouw is er altijd afbraak, weet Alice.

In de vallei wonen twee families die elkaar naar het leven hebben gestaan, namelijk de familie van Rosario en die van Dante. Het verhaal gaat dat Dante het eeuwenoude irrigatiesysteem, dat diende voor bevloeiing van stukken land van Rosario, onklaar heeft gemaakt, waardoor diens land is verdord. De vete tussen beide families is op papier nooit tot een schikking gekomen en kan zo weer opvlammen.

Rosario's land is vanaf het hoogste deel van de vallei door de bebossing langs de rivier aan het zicht onttrokken. Vlakbij, waar het stuk land naar beneden knikt, staat het witte kerkje met een aantal huizen eromheen. Aan de voorkant prijken twee hoge statige cipressen. Als gevolg van de door Dante veroorzaakte verdroging, is voor het kerkje ook een rij prachtige loofbomen doodgegaan, de trotse cipressen hebben het overleefd.

Wanneer je aan Dante vraagt hoe het nu zit met de geschiedenis van die bomen, haalt hij zijn schouders op en zegt: 'Ach, het is een ziekte geweest, zoiets komt voor in de natuur.' Zijn onverschilligheid over dit afsterven van die rij bomen, staat in schril contrast met zijn enthousiasme voor alles wat groeit en bloeit in het dal, voor zover het groeit op zijn land. Het eigendomsrecht rekent hij zich ook toe voor het land dat hij aan Nederlanders heeft doorverkocht. Deze stukken land beschouwt Dante heimelijk nog als zijn eigendom.

Hij is twaalf van de twaalf maanden van het jaar de ongekroonde koning van het dal. Gedurende die maanden, wanneer de Nederlanders terug zijn gekomen naar het dal, is hij behalve koning, ook minister van Binnenlandse zaken, van Toerisme, van Huisvesting en Landbouw, en tevens is hij raadsheer voor alle vragen die je maar kunt bedenken. Hij heeft zich via al die transacties opgewerkt van vuilnisophaler van Olivetta en Bussaré tot de man die alle touwtjes in handen heeft en naar verluid miljonair geworden is. Niet in lires van vroeger, in euro's! Wanneer hij het dal inspecteert, doet hij dat op zijn karakteristieke wijze. Hij staat als corpulent baasje verscholen in het gewas en loert dan tussen de bladeren van de wijnstok, die hij zogenaamd snoeit, naar zijn onderdanen in het dal.

Men is over het algemeen gesteld op zijn vriendschap, want hij is een machtig man. Men paait hem door zijn advies te vragen over allerlei zaken, van wijn maken tot het repareren van daken, van het herontdekken van oude overwoekerde smokkelpaden tot het kopen van honing. Wee de mens die wel advies vraagt maar niet zijn raad opvolgt. Dan kun je het verder zelf uitzoeken.

Het wordt gewaardeerd dat hij de natuur helpt om haar vernietigende werk met al haar extremen in koude en hitte, af te zwakken. Hij kapt de overwoekeringen van braamstronken, trekt stug onkruid weg en maakt na de regentijd de alles meesleurende rivier vrij van blokkades. Dante haalt bij het aanschouwen van zulke verwoestingen zijn schouders op en zal zeggen: 'Het is het geweld van de natuur.' Het is een kunst Dante zó te benaderen, dat de vraag niet tegen je gaat werken.

Adrian heeft een speciale techniek ontwikkeld om te merken hoe Dante bepaalde zaken het liefste gedaan zou willen krijgen. Dit gaat via langdurige en onnavolgbare, in het Italiaans gehouden gesprekken, waarbij Adrian let op aanwijzingen, toespelingen, woordklanken, herhalingen en dergelijke. Het gesprek zelf gaat over zaken die ogenschijnlijk niets met de vragen waar Adrian mee zit, te maken hebben. Hij laat het nooit tot een advies komen, en ook al heeft hij zelf iets bedacht, Adrian zal het Dante zó in de mond leggen dat hij het als een wijs idee van Dante ter overweging meeneemt. Dit ter bescherming van het grote ego van Dante, die bij een kwetsing in razernij kan ontsteken.

Zo kon het gebeuren dat Dante alleen maar goede eigenschappen toegedicht kreeg en niemand het waagde zich kritisch uit te laten over deze machtige alleenheerser van het dal. In de vraag of Dante wel zo goed is als de schijn die hem omgeeft, is het antwoord al ingebakken. Is Rosario daardoor ineens fout wanneer Dante goed is? Of is het Rosario juist te prijzen omdat hij Dante ontwijkt en tot voor kort vanaf vier tot acht uur 's ochtends op zijn eigen grond werkte, waarna Dante pas in de aangrenzende tuin verscheen? Of is hij juist fout omdat hij, zoals Dante beweert, niet praat maar schiet zoals gebruikelijk is in Calabrië, waar hij vandaan komt. Waarschijnlijk heeft Rosario zijn arbeidsterrein verlegd naar grotere projecten en speelt Dante geen rol meer in zijn leven?

De operazanger die onlangs nog zijdelings informeerde naar zijn grondgebied, hoorde: 'Die berg? Nostra!' Met weids gebaar had Rosario aangegeven: 'Nostra, nostra!' Wie weet kijkt Rosario neer op de mierachtige activiteiten van keuterboertje Dante die een miljoentje bijeen heeft geschraapt. Rosario moet contacten hebben met ambtenaren van de overheid over het aanleggen van de autostrada, zo gaan de geruchten. Ze weten de betekenis van N'drangheta, namelijk 'goede man' en passen extra voor hem op.

De spanningen tussen de twee worden in het dal niet uitgesproken, ze blijven er hangen, zoals de hitte overdag en zoals de emoties van de ongeschreven geschiedenis blijven hangen. Wie was er goed of fout in de oorlog, wie liep de toneelspeler Mussolini achterna en wie niet? Niemand die het echt wil weten, niemand die het te horen krijgt. Iedereen speelde een rol die achteraf werd gerechtvaardigd. De spanning tussen goed en kwaad drukt hen even zwaar als de verzengende middaghitte.

Het verhaal van het bombardement op Bussaré is ook bij Nederlandse valleibewoners doorgedrongen. De Luftwaffe zou een verzetshaard hebben gebombardeerd. De bevolking vluchtte naar het witte kerkje en wachtte daar passief af wat hun zou overkomen. Juist bij het bombardement van het kerkje, dat als een toevluchtsoord werd gezien, werd een been van Rosario's broer van diens lichaam gerukt. Zijn tegenstanders verhinderden het transport van de gewonde man naar het ziekenhuis, zodat deze doodbloedde. Ligt hier het begin van de vete? Of is het slechts een schakel in een lange ketting? Had Dante ervoor gezorgd dat Rosario's broer geen medische hulp kreeg?

Het is de vraag of het verhaal wel klopt, of het niet gewoon de Amerikanen of Engelsen waren die bombardeerden op een achterlijk fout dorp. Want waarom zouden de Duitsers bombardementen uitvoeren op een klein gebied waar zij de macht op de grond al hadden? Heeft de man uit Fanghetto gelijk, die vertelde dat iedereen van Olivetta en Bussaré in de oorlog achteraf bezien fout is geweest? Waarom waren zij fout? Omdat zij achter Mussolini aanliepen, die hun gouden bergen beloofde? Omdat zij als dalbewoners vlak bij de grens van Frankrijk voor de oude elite uit Rome en of Genua politiek gezien nooit interessant zijn geweest, niet werden verwend met subsidies en nu ze de kans roken zich via de bezetter te wreken? Hoe vaak niet is dit afgelegen gebied dan weer aan Frankrijk toegevoegd, dan weer bij Italië gekomen? De scheidslijn loopt tussen deze twee nationaliteiten door. Ook in families, landerijen en door huizen, zelfs in hun eigen idee over wie zij zijn. Het is in ieder geval duidelijk dat de ruïne door twee talrijke families werd bewoond, die elkaar niet konden luchten of zien.

De hectare met de ruïne die Adrian bezit is opgedeeld geweest in tweeëntwintig delen, die toebehoorden aan evenzovele familieleden. Dezen zijn inmiddels naar alle windstreken geëmigreerd, tot in de U.S.A. toe. Direct na de oorlog is het dal verlaten alsof er een vloek van wraak op rustte. Dat het dal zoveel jaren later weer volloopt met vooral Nederlanders is opzienbarend maar ook verontrustend. Wie kan immers ongestraft een taboe schenden? Welke vetes worden door hun komst weer uit het geheugen opgediept?

Alice, Carla en Elisabeth horen deze verhalen, die tijdens de maaltijden over tafel gaan, met interesse aan. Niet dat de oorlog hen zoveel boeit, maar wel het probleem van goed en fout. Zij worden duizelig en verward bij het aanhoren van vele onontwarbare, vaak tegenstrijdige berichten. Het is niet anders, zo complex ligt het nu eenmaal, en zonder al die mogelijke tegenstellingen zou het dal niet zijn wat het nu is. Alles wat Alice ziet en meegemaakt heeft is met schijn overdekt. Zie maar eens tot een realiteit te komen.

Vrede biedt geen enkel houvast voor de mensen uit deze streek. Zonder deze mythen zou het water in de rivier slechts water zijn, en steen gewoon steen, dan zou de zon alleen maar dodelijke hitte geven, de leguaan gevangen zitten in zijn erfelijke materiaal en als fossiel veroordeeld zijn tot een leven zonder aanpassingsmogelijkheden. Ja, alles zou dan opera blijven tegen een decor van pastelkleuren.

De vriendinnen spreken dagenlang over schijn en werkelijkheid, over goed en fout, over de mogelijkheid dat mensen ook de bodem kunnen veranderen naar eigen aard. Dat leek hun plausibeler en biedt ook meer uitzicht op hun toekomst dan blijven wachten op het terugkeren van het verloren paradijs dat voor het begin van de vetes ooit moet hebben bestaan.

Voortgang

De werkzaamheden in de ruïne vorderen gestaag. De Amerikanen hebben zich bij de voor hen ongewone nederige situatie neergelegd en werken eendrachtig onder Adrians strakke leiding samen. Alle ruimten zijn ondertussen puinvrij gemaakt. Er is een provisorische keuken ingericht en buiten is een 'potti campi' neergezet. De meisjes slapen samen op een kamer op de eerste verdieping met uitzicht over de vallei. Het kerktorentje ligt hemelsbreed op nauwelijks tweehonderd meter afstand. Door de akoestische werking van de vallei, kan je bij gunstige wind flarden van gesprekken opvangen die op hoger gelegen bankjes voor het kerkje gevoerd worden.

De jonge dames zijn rustig. Zij zitten, wanneer de zon nog niet te fel brandt, op het platte dak voor hun kamer onbekommerd te kletsen en ontdoen zich van de knellende banden van hun bikini's. Deze aanblik van de oervorm van de vrouw draagt bij aan de pure en vredige atmosfeer die neerdaalt in de vallei.

De Amerikanen lopen volgens een oude voorspelling in het zweet des aanschijns te werken. Ze halen kiezels uit de rivier, zeven vervuild zand en graven afvoerkanalen voor de definitieve keuken. Andy verblijft regelmatig in de gigantische put waar de septic tank komt. Hij werkt de randen bij en kijkt glunderend omhoog wanneer Alice langsloopt om een complimentje te ontvangen.

Het is zo vredig dat Adrian het woord 'darmen' wel drie dagen niet in de mond heeft genomen. Hij is meestal niet in of rondom de ruïne aanwezig vanwege zijn zwerftochten langs bedrijven die bouwmaterialen in de aanbieding hebben. Hij koopt nooit direct in, hij vergelijkt eerst alle prijzen en neemt bij toerbeurt een Amerikaan mee, die zich dan zeer vereerd voelt en meent zijn prins te zijn. Adrian laat zijn plannen van de komende werkdag bij 't ontbijt horen. Over dakconstructies, het herstellen van ingezakte muren, het aanleggen van terrassen en over het maken van nieuwe en het dichten van oude openingen. Zo lokt hij reacties uit. Niet zozeer om met de anderen al pratend tot constructieve oplossingen te komen. Hoe vreemder de reacties zijn die hij oproept, hoe liever hij het heeft, want eens zullen alle bruikbare stukjes in elkaar vallen. Hij houdt van het bestuderen van niet-lineaire, dynamische systemen, de zogenaamde chaostheorie. Bang als hij is van een onjuiste premisse uit te gaan, waardoor het voorgenomen plan alsnog de mist in kan gaan en het resultaat op niets zou kunnen uitlopen. Hij gooit liever tien plannen in de lucht, dan star vast te blijven houden aan één.

Ferdinand ontwikkelt een voorliefde voor het vlieggedrag van libellen; hij wil de betekenis achterhalen van de banen die zij in de lucht beschrijven. Hij weet dat de bijen een eigen taal hebben en zou zelf graag als ontdekker van de libellentaal de geschiedenis in gaan. Al snel valt zijn oog op het open- en dichtgaan van de vleugels van de libellen, die in ouderwetse kleuren af en aan vliegen en op de grotere stenen vlak bij hem in de rivier gaan staan. Hij ontdekt dat de libellen niet alle vier vleugels gelijkmatig uitzetten, soms de linker meer, soms de rechter, of de bovenste linker meer dan de rechter onder. Hij zit dagen onder het gebladerte bij de rivier en fantaseert erover verschillende camera's op te stellen, zodat duidelijk kan worden hoe de positie van andere libellen tegenover elkaar zijn en hoe de gegeven signalen ermee samenhangen. Het klateren van het water, het spel van licht en schaduw, de voorbij zwemmende forellen met hun goudkleurige schubben, het geheel stemt hem gelukkig en geeft hem een gevoel van verbondenheid met de natuur.

Hij ziet Alice aankomen. Ze loopt blootsvoets door de rivier die 's zomers doorwaadbaar is en op enkele plekken ruim een meter diep kan zijn. Daar wordt soms gezwommen. Alice glijdt soms even uit, ze lijkt dan haar evenwicht te verliezen. Zij verkeert in een voortdurende prettige alarmsituatie. Bij elke kleine misstap uit zij kreetjes van verrukking over het snel herwonnen evenwicht, dan valt ze weer bijna, en zo gaat het door totdat zij bij Ferdinand aankomt. Zij pakt zijn stapel aantekeningen, legt die neer op een steen, legt daar haar iPhone op en gaat naast hem zitten.

Een kudde van honderden waterspinnen beweegt zich op het wateroppervlak. Alice gooit een steentje in hun midden, de spinnen schaatsen gehaast weg, ze komen even snel weer naar de plaats van onheil terug. Alice en haar vader spreken vertrouwelijk met elkaar over ditjes en datjes om hun onderlinge band te verstevigen. Hij wijst haar op een kleine, gele slang met bruine vlekken, die snel tussen de stenen door het water in glijdt en krachteloze kronkelbewegingen maakt waarbij hij nauwelijks vooruitkomt. De slang zwemt naar een ondiep deel van de rivier waar visjes van één tot anderhalve centimeter traag heen en weer met het water meedeinen, ze zijn sloom geworden in het stilstaand en warm geworden water. De snoodaard hapt steeds mis en de school visjes drijft dan even uiteen. Ze keren direct weer bij elkaar terug en storen zich blijkbaar niet aan de slang.

Het beeld van herwonnen harmonie in de school visjes geeft Alice een goed gevoel. 'Die slang moet maar muggen pakken,' zegt ze, alsof minder kleurrijke levens de dood verdienen en hun dood minder wreed zou zijn. Zij kijkt naar een libellenpaar, waarbij de één een diepblauw gekleurde bruine wederhelft op sleeptouw neemt. Ze vliegen in een boog om Ferdinand en Alice heen om vervolgens terug te keren en gaan dan nota bene vlak voor haar vader op een steen zitten, alsof ze willen zeggen: 'Zijn wij het onderwerp van onderzoek, ga je gang.'

Het kleurloze wijfje wordt door het achterstuk van het mannetje tussen zijn achterpoten gedrukt. Hij kromt zijn lichaam en oefent vitale druk uit. Het paar blijft een poosje bewegingsloos, daarna begint het vrouwtje weer te sidderen en met haar vleugels heen en weer te fladderen. Zij houdt zich vervolgens stil. Dit tafereel herhaalt zich enkele malen. Alice wordt bleek van ontzetting. 'Dit is onrechtvaardig,' roept ze, 'dat zou ik nooit over mijn kant laten gaan.' Het paar waarvan je kan denken dat één van de twee zou zijn bezweken, vliegt even later luchtig weg.

Ferdinand kijkt zijn dochter aan. De libelledeskundige zegt: 'Liefde is wreed, is ook natuur.' Alice heeft alle ervaringen van die zomer opgeslagen. De laatste opmerking doet haar zorg over de kracht van de natuur toenemen.

Alice leert van de natuur

Dagen verstrijken en glijden voorbij als het kabbelend water in de rivier. Het voortdurende getsjirp van de krekels doet de tijd in miljoenen deeltjes uiteenvallen. 's Ochtends gooit de zon het licht het dal in om het 's avonds in een onzichtbaar net weer op te halen. De volgende ochtend schenkt zij het weer even fris de vallei in.

Na een aarzelend begin hoor je de krekels met hun '*minimal-music*'. Het heeft de eigenaardigheid dat bij het luisteren deze 'music' naar crescendo neigt en daardoor dichterbij lijkt te komen. Alice weet niet dat het mannetjeskrekels zijn, die met deze geluiden de vrouwtjes proberen te lokken. Ze heeft al helemaal geen weet van het gedrag van hun rivalen die stiekem in de buurt van zo'n aanlokkelijke krekel afwachten tot het moment waarop de vrouwtjes de tijd voor paring rijp achten en zich aanbieden. Ze zou zonder twijfel minachting voelen voor die gluiperds die op achterbakse wijze profiteren van het fiere gezang van hun rivalen. Die gluiperds maken misbruik van de verwarring bij de vrouwtjes, die niet meteen doorhebben wie de verleidelijke aubade componeert en hen willig maakt voor de sprong. Alice zou haar hoofd in haar nek hebben gegooid wanneer zij zo'n snoever was tegengekomen die er zomaar van uitgaat dat je met lawaaierig vertoon haar onder de indruk van zijn mannelijkheid denkt te kunnen brengen. Wat denkt ie wel! Dat hij haar in een toestand van een soort bewondering kan manoeuvreren? Als inleiding op een verlangde paring?

Zij weet niet dat ook parasieten op het krekelgeluid afkomen en hun eitjes alvast in het krekelvrouwtje leggen. Zodra de eitjes zijn uitgekomen zullen ze hun gastvrouw van binnenuit opeten. De karkassen laten ze liggen. De natuur verpulvert deze loze omhulsels weer tot het stof der aarde.

Alice is niet op de hoogte van de gewoonte van de '*hylo bittacus abicalus*'. Wie wel? Wie wil het weten? Het mannetje gaat met een smakelijke prooi voor vrouwtjes aan een tak hangen en wacht op het moment dat een willig vrouwtje tegenover hem gaat hangen en toehapt. Zij wordt tijdens het verorberen van het romantisch diner door hem bevrucht en hij moet zijn daad met de dood bekopen. Zijn lijk is voer voor zijn eigen nageslacht.

Alice weet wel iets van voortplanting op een oerachtige, abstracte manier. Als trotse draagster van haar evolutionaire voorgeschiedenis heeft zij een diep, onbewust weten van dit alles, waardoor zij met een angstvallige schroom elke dag opnieuw begint en niet weet wat haar zal overkomen, wat de dag haar zal brengen. Zij weet immers ook wel dat mensen niet veel anders handelen dan insecten. Niet verbazend dan ook op wie van de Amerikaanse studenten zij zich zal richten. Voorlopig is voorzichtigheid troef. Het niet-weten laat een vragende blik op haar gelaat achter. Zij kent niet veel van de miljoenen soorten insecten die in de vallei leven. Zelfs niet van de meest opvallende, de vuurvliegjes, die secondenlang gloeien en al dansend weer oplossen in de duisternis.

Alice vindt het leuk en ook eigenaardig dat haar vader het gedrag van de libellen bestudeert en de ene na de andere tekening schetst van hun positie en vluchtroutes. Zij heeft begrip voor zijn afwezigheid in de groep, alsof hij niet een van hen is. Zij vindt het best, dat hij in de koelte onder het gebladerte bij de rivier zit en niet meedoet aan het wegtrekken van het onkruid, het ruimen van het puin en het graven van afvoerkanalen. Ze duwt het beeld van de gekliefde schorpioen weg. 'Doe jij maar rustig aan,' zei ze een keer, toen hij schielijk met een boek en tekenmateriaal wegsloop. Zij bleef bij de ruïne om bouwmaterialen te ordenen.

Dave en Andy hebben het prepareren van het dak als taak toebedeeld gekregen en zijn begonnen met het verwijderen van het door de elementen broos geworden cement om daarna een laag bitumen aan te kunnen leggen. Zij vullen plastic emmers met puin die zij met een touw naar beneden laten vieren. Daar staat Alice. Met haar kracht tilt ze de volle emmers in de kruiwagen die Chris vervolgens naar de stortplaats rijdt.

Het gespierde atletische lijf van Dave, die haar vanaf het dak triomfantelijk toelacht, probeert ze niet te zien. Zijn huid blinkt in de zon door het gruis dat door het zweet op zijn lichaam is vastgekoekt. Hij heeft het voorkomen van een bezwete commando in de woestijn na een zandstorm. Dave vertelt steeds dezelfde soort grapjes die een voor een op zich wel even leuk zijn. Door de herhaling cumuleert het venijn dat in die grapjes verborgen zit. Daardoor ziet Alice steeds minder de prachtige jongeling met zijn brede torso en steeds meer die triomfantelijke blik die hij naar beneden werpt, waardoor Alice zich kleiner begint te voelen dan zij in werkelijkheid is.

Andy, die op zijn knieën op het dak door het puin kruipt en met een houweel cement loswrikt, neemt om de paar minuten even pauze. Veegt met de rug van zijn hand zijn gezicht af, kreunt en slaakt weinig heldhaftige kreten. Zo zwoegt hij voort. Hij vraagt zich af waarom hij dit excentrieke onderbetaalde zomerbaantje heeft aangenomen. Met een gepijnigde uitdrukking kijkt hij over de rand van de kuil het dal in. Hij graaft een kuil voor het plaatsen van een septic tank. Wanneer hij zijn rug strekt en Alice ziet, lukt het hem niet genoeg zijn gekreun te onderdrukken om een fiere indruk van zichzelf bij haar achter te laten.

Chris, die de andere kruiwagen met puin volgooit, wordt de filosoof genoemd. Hij verdient die naam niet alleen vanwege het niveau van de conversatie die hij bepaalt waardoor de benaming van filosoof een eretitel zou kunnen zijn, maar door de vele pauzes die hij neemt. Hij filosofeert staande waardoor de anderen hun ruggen ook eens kunnen strekken. Chris heeft het over de betekenis van woorden, over de onmogelijkheid van vertalen en andere letterkundige onderwerpen. Chris voorziet dat het Amerikaans de officiële voertaal in Europa zal gaan worden, aangezien de Duitsers geen Frans kunnen leren en de Fransen geen Duits willen leren. Hij heeft de gewoonte zijn gedachten te ontvouwen door de gesprekspartner in een dialoog te dwingen, waarbij hij op een punt begint waar zijn eigen gedachten op dat moment zijn aanbeland en zodoende altijd een voorsprong heeft op de anderen. Mochten die wat te berde te brengen hebben.

Als Chris z'n rug recht, weet je dat hij weer een gedachte ontvouwt. Niemand maakt daar een punt van, wel van zijn onderbrekingen in het werken. Bij Chris zie je dat zijn gedachten de baas over het lichaam zijn dat dan ook geen kracht en energie uitstraalt. Het lichaam is meer een aanhangsel van zijn geest; zijn benen lijken twee vulpennen die onder een ribbenkastje staan dat behoedzaam rechtop staat om de denkbeeldige wereldbol op zijn schouders in balans te houden. Hij wekt bewondering door zijn geleerdheid en intellectuele vechtlust.

Chris wekt tegelijk afgrijzen op, omdat het nut van filosoferen er bij hem zo dik bovenop ligt. De meisjes voelen aan dat hij zijn lichamelijk genot verzaakt voor hogere doelen, waardoor zij niet hun gebruikelijke afweer tegen het wervend gedrag van jongens in stelling kunnen brengen. Chris schept verwarring. Daarbij komt dat Chris door zijn onhandigheid moederlijke gevoelens oproept, waar zij niet op zitten te wachten. Zijn houding is zo anders dan zij verwacht hadden om mee te moeten dealen en is ook zó onverenigbaar met hun wensen, dat zij een licht gevoel van onwel worden bespeuren, zodra zij Chris zien. Hij is daarentegen ook in staat met een paar woorden de spanning aan tafel te doen omslaan. Chris is inderdaad een woordkunstenaar, een magiër die met toverwoorden ontladingen van gevoelens teweeg kan brengen. Op zulke momenten is hij wel een held naar wie iedereen luistert. De droge filosofische betogingen van overdag worden dan vergeten of gezien als handige trucjes om onder het zware juk van het werk uit te komen.

Chad is een aardige zwijgzame Filipijnse jongen die een sfeer van geheimzinnigheid om zich heen heeft hangen. Hij lacht lief en trekt zich vaak terug. Zijn ouders zijn onder een dictatuur ooit naar Amerika gevlucht.

Alice kan zich moeilijk afstemmen op een van de boys. Er hangt van alles in de lucht. Het geflirt gaat de hele dag door. Zij weet nooit zeker of ze het serieus bedoelen, ook niet wanneer het een dolletje is, het is meestal van alles een beetje.

Na het avondeten nemen Alice, Carla en Elisabeth alle gebeurtenissen van de dag door, alle mogelijke betekenissen van alle nuances passeren de revue. Daarna slapen zij van vermoeidheid in onder het elegante, als een wijde trouwjurk opgehangen muskietengaas, als behoren zij tot een andere, maagdelijke droomwereld.

Hun wereld wordt groter

De mooiste kamer van de ruïne is voor Alice, Carla en Elisabeth. Hun ruime kamer is favoriet vanwege de ligging met uitzicht over het dal en heeft twee openingen waarin ooit houten deuren hebben gezeten. Resten van hout en roetsporen op de boog stenen boven de openingen getuigen daarvan.

Stap je hier doorheen, dan kom je op het dak van een lager gelegen kamer. De hele ruïne is trapsgewijs tegen de terrasvormige helling opgebouwd. Vanaf het dak heb je uitzicht op de zuidoostkant van de vallei en op het hoger gelegen wit kerkje. De kerktoren steekt achter de twee cipressen, als wachters op het pleintje voor het kerkje, boven de bomen op de helling uit. Vanuit een half ingezakte vensteropening is uitzicht op de zuidkant en op een paar ruïnes die verspreid in het dal liggen.

De hoge loofbomen langs de rivier onttrekken deze ruïnes aan het oog. Behalve één, daar verblijft zo nu en dan een vriendin van Catherina voor een retraite. Zij heeft het goedgevonden dat de vier Amerikanen er hun kwartier zullen maken. De zus van deze vriendin is in razernij ontstoken nadat zij na een lange, vermoeiende reis in het huisje de Amerikanen aantrof met veel bagage. In plaats van de Amerikanen aan te treffen had zij erop gerekend in een zuiver paradijsje aan te komen. Alleen voor zichzelf.

Bij haar aankomst ziet ze Chris gitaarspelen. De drie medestudenten lezen een boek of schrijven een brief naar hun ouders. Ze hebben haar zo vriendelijk mogelijk ontvangen. Het schijnt dat deze ontvangst haar nog razender heeft gemaakt. Ze heeft zich dagen daarna uit nijd niet vertoond. In de valleigemeenschap werd van tevoren al geroddeld over haar komst. Nu ze niet meedoet aan het dorpsleven is enige ongerustheid ontstaan. Ze vragen zich af of ze in haar woede gestikt is of een zonnesteek heeft opgelopen. Allemaal speculaties en nieuwsgierigheid naar deze gast, die een expert zou zijn in yoga en stress bij haarzelf zou moeten kunnen reguleren.

Pas na dagen werd zij weer door Catherina waargenomen en aan de andere valleibewoners voorgesteld. Ze maakt op die dag een vreselijk aardige indruk. Er kwam geen kwaad woord meer uit haar mond. Ze was weer geheel en al de vredelievende vrouw met biologisch-dynamische outfit, die iedereen had verwacht. Ze droeg een ouderwets aandoende overall waarboven een rood hoofd met kortgeknipt haar prijkte.

De Amerikanen hebben die bewuste avond van aankomst van die vrouw hun intrek moeten nemen in een ruimte van Adrians ruïne, op dezelfde hoogte gelegen als de kamer van de drie jongedames. Wat hen ruimtelijk scheidt is een overloop boven de entree waar de majestueuze buitentrap heen leidt en een half op het noorden gelegen kamertje, vol bouwmateriaal. De kamer van de vriendinnen is niet een van de grootste, die zijn lager gelegen. In de avond is het absoluut de meest aangename ruimte, waar altijd een door de rivier gekoeld windje doorheen waait.

In de kamer is een holte in de muur, het moet een overblijfsel van een nis zijn. Daarin zal vroeger een Mariabeeldje hebben gestaan in volle adoratie voor haar zoon, omgeven door nooit verwelkende rode plastic bloemen. Hier staan nu make-upspulletjes ter verfraaiing van meisjeslichamen om mannetjes mee aan te trekken en snel weer af te stoten.

Stenen in trapezevorm zijn rond de boog boven de opening gelegd en na de brand wonderbaarlijk in gelid gebleven. De kamer is het mooist vanwege de sfeer die van de meisjes afstraalt. De klamboe lijkt één grote bruidssluier waaronder de drie schonen vredig slapen. Zo ziet Ferdinand het tenminste, want hij heeft geen weet van de angsten waar Elisabeth mee te kampen heeft.

Zij hoort het 's nachts ritselen en ziet in het maanlicht vreemde wezens wegschieten. Geschrokken door haar angstkreten blijven de vriendinnen tot 's avonds laat uren fluisteren op het dak naast hun kamer, waar ze ongezien toegang tot hebben. De onderwerpen variëren van kutscheten tot de mogelijkheid van leven na dit leven, en alles daartussenin wat van belang is tussen hemel en aarde. Ze raken al pratend overweldigd door het prachtige gesternte dat blijft fonkelen, alsof de kosmos eindeloos in een twinkelend soort roes leeft, die het wil delen met iedereen die ervoor openstaat. De alles overkoepelende schoonheid stemt de meisjes weer rustig.

Als Ferdinand, voordat hij de rivier afdaalt, nog even een blik in die kamer werpt, ziet hij hoe relaxed zij daar liggen te slapen. Hij weet niet dat zij uitgeput zijn van de nachtmerries en alle over de tong gegane geschiedenissen over liefde. Een gruwelverhaal gaat over een moeder en kind die samen tijdens de geboorte stierven. Hoe een innige liefde veranderde in de dood.

Nadat de Amerikanen de ruïne als slaapplaats zijn gaan gebruiken, is de ochtendrust voorgoed verstoord. Zij lopen vroeg op de dag na het dagelijks beraad met Adrian met emmers en houwelen door de mooiste kamer heen en struikelen over de her en der verspreid liggende kleren.

Op de tweede dag stoten ze door hun onvoorzichtige manier van bewegen tegen de klamboe, waardoor deze als een dalende parachute inzakt. De dames waren razend en diep gekwetst door de schending van hun territorium. Dagenlang vonden ze de jongens vies en meden ze de voorheen uitdagende discussies met hen die ze eerst zo spannend vonden. Ze trokken zich terug en de gesprekken waarin zij eerder iedereen die dat wilde betrokken, klonken niet meer. Sindsdien fluisteren zij, alsof zij samenzweren tegen de jongens of zich verweren tegen vermeende samenzwering van de Amerikanen tegen hen.

Carla menstrueert na enkele eerdere schuchtere pogingen voor het eerst flink.

'Als je in de rivier zwemt,' vraagt ze angstig, 'kan je dan aan het water zien dat ik bloed verlies?'

Alice en Elisabeth, beiden bekend met de biologisch klok, weten geen geruststellend antwoord te geven. 'Je kan een grotere maat tampon in doen, dan zal het wel meevallen,' zegt Alice zusterlijk.

'Ik wil dat er absoluut geen enkele druppel in de rivier lekt.'

'Een paar druppels merkt niemand, stel je niet aan.'

'Als je een rode sliert kan zien, ga ik echt dood. Ik meen het.'

Elisabeth, die een dosis wetenschappelijke instelling van Adrian heeft meegekregen, stelt voor dat zij verderop in de rivier eenmaal zónder en eenmaal mét een tampon gaat zwemmen en het verschil gaat bestuderen. 'Ik schaam me absoluut niet,' zegt Elisabeth.

'In de pauze op school zeg ik gewoon tegen jongens dat ik mijn tampon moet verwisselen, het interesseert mij geen kut, echt niet.'

Carla raakt door deze opmerking niet gerustgesteld en volgt met grote ogen de onthullingen van beide vriendinnen. 'Ik ben bang dat die visjes achter mij aan zullen zwemmen. Ze sabbelen nu al aan mijn benen, laat staan wanneer ik menstrueer, misschien is bloed wel forellenvoedsel of zo. Ik moet het absoluut zeker weten, anders ga ik dood.'

Alice zegt rustig dat je van menstruatie niet dood kan gaan. Zij heeft andere zorgen. 'Vannacht droomde ik wel dat ik bijna doodging. Hoe was het ook weer? Ik stond op een brug over een rivier en verderop zag ik nog een brug. De ene kant van de rivier was begroeid met mooie bloemen. Het was dus niet onze rivier met haar steile hellingen. De persoon die op de andere brug stond zei: "Het is jouw tijd nog niet." Ik liep terug. Er stonden ook andere mensen bij. Ik vond het een enge droom.'

'Nee, dat vind ik niet,' zegt Elisabeth tegen Alice die nu schrikt en haar zusje vragend aankijkt. 'Het kan geen enge droom zijn, want het is jouw tijd toch nog niet? Wie was die persoon?' wil ze weten.

'Ik weet het echt niet, het gekke is dat nog niemand van mijn familie dood is. Zou het een voorspellende droom zijn?'

'Vast niet,' zegt Elisabeth, 'kom nou.' Ze heeft onlangs gelezen over bijna-doodervaringen. Dat ging over tunnels met kleuren en ze benadrukt nog eens dat het echt geen enge droom kan zijn.

Alice blijft aangedaan, het is haar eerste kennismaking met het fenomeen dood bij een mens, al is het in een droom. Het besef dat elk levend wezen ooit zal sterven, de karkassen van de krekels, de geplette slang die zij gisteren op het smeltend asfalt bij Olivetta heeft zien liggen, alle beelden ziet zij weer voor zich. Deze beelden omringen haar als een muur die haar insluit en bedreigt. Niet te vergeten de schorpioen, die ze het hoofd van de romp afsloeg. Ze ziet de machteloze zwart glimmende pootjes voor zich.

'In de droom was de rivier rood.'

'De rivier was rood? Hoezo de rivier was rood?' vraagt Elisabeth.

'Dat is merkwaardig, dat vind ik wel eng. Dat is gewoon niet normaal. Dat zijn dromen natuurlijk ook nooit.'

'Zou je in de hemel allemaal even oud zijn, bijvoorbeeld tachtig jaar, of heeft iedereen zijn eigen leeftijd? Of ben je van de leeftijd die je zelf wilt? Dat ik bijvoorbeeld ouder ben dan mijn ouders. Misschien zie je die helemaal niet. Als ik mijn ouders en mijn vrienden in de hemel niet zie, weet ik niet of ik wel naar de hemel wil,' zegt Carla.

'Oké, luister, wat heb je aan de hemel als je je leven nog een keer precies zo meemaakt, dat hoeft voor mij óók niet.' Elisabeth weer, die na twee keer geleefd te hebben de levenslopen wetenschappelijk zou willen vergelijken.

'Oké, als je iedereen weer ziet, is het toch anders. Ik denk dat je bijvoorbeeld wel een kind bent van je ouders en tegelijkertijd ook niet,' zegt Alice.

'Hoe bedoel je dat?'

'Dat je wel een kind bent, maar dat je ouders bijvoorbeeld niets over je te zeggen hebben omdat je dood bent. Je hebt je leven al achter je. Over mijn leven kan het dus niet meer gaan. Als mijn moeder krengerig doet, mag ze voor mijn part naar een andere afdeling van de hel. Ik heb het idee dat er maar één hemel is. Als iedereen in de hemel komt, hoeft het voor mij ook niet,' aldus Alice.

'Ik dacht dat jij je moeder wel mocht.'

'Ja, dat is ook zo, maar sommige dagen absoluut niet. Soms is ze stront-, strontvervelend.'

'Dat heb ik nooit gemerkt,' mengt Elisabeth zich in het gesprek.

'Mijn moeder kan heel krengerig zijn. Ze heeft af en toe van die buien, dan maakt ze in een paar uur het huis schoon, ruimt ze alles op en even later kan het hele huis haar geen moer meer schelen.'

'Ja,' vult Carla schoorvoetend aan. Ze heeft er zichtbaar moeite mee in het koor tegen haar moeder mee te zingen. 'Dat is zo. Als ze de rommel heeft opgeruimd koopt ze bossen bloemen, dat is wel mooi. Voor mij is dat het teken dat het feest begint: zodra de bloemen er staan maakt ze ruzie met me. Ik kan thuis geen bloemen meer zien. Een paar dagen later is alles weer koek en ei.'

Elisabeth vraagt met potlood en papier in de hand hoe vaak haar moeder zo'n bui heeft.

'Ik kan er de klok op gelijk zetten, het is elke maand wel een keer raak.'

'Dan moet het met haar menstruatie samenhangen, dat gevoel heb ik echt.'

'Ja, ik heb daar ook weleens iets over gehoord, dat vrouwen rond de menstruatie anders dan normaal doen. Ik heb gelezen dat vrouwen vroeger niet in de keuken mochten komen wanneer ze menstrueren, omdat bloemen sneller verwelken en vis ineens kan gaan rotten. Vrouwen mochten ook niet op de markt komen. Eigenlijk belachelijk dat jongens niet menstrueren.'

'Van mij hoeven jongens echt niet te menstrueren of zo, dan wordt het een puinboel. Voor mij mogen zíj de pijn hebben, dan menstrueer ik wel.'

'Carla, je hoeft echt niet bang te zijn dat die vissen aan je zullen sabbelen, ze zoeken vast geen voedsel op waardoor ze ineens bederven. Het zijn wel natuurlijke wezens met een instinct.'

'Eigenlijk is het een heel natuurlijke zaak, een eitje dat niet bevrucht wordt moet er natuurlijk uit,' aldus Carla. 'Ik ben het hele verhaal van het eitje vergeten, hoe is het mogelijk dat ik het eitje nou juist vergeet? We hebben er op school nog een les over gehad. Het eitje zou toch ook gewoon verteerd kunnen worden zoals eten? Is toch veel praktischer?'

Elisabeth schudt haar hoofd. 'Je moet niet denken dat het vanbinnen een puinzooi is, alles loopt daar echt niet door elkaar, de buik is geen grote maag. Dat is gewoon niet logisch.'

'Het kan mij echt niet schelen, het interesseert me helemaal niets. Ik vind het gewoon lastig en vervelend.'

Alice heeft een poosje geluisterd. Ze oppert het idee dat het schoonmaken van haar moeder iets met nestdrang te maken moet hebben en zij door die drang gaat schoonmaken en na een mislukte nesteling in de baarmoeder de rotzooi moet wegwerken. Anders blijft ze ermee lopen.

'Als het niets wordt met het eitje is ze kwaad en kan het haar allemaal niets meer schelen.'

'Ook als zij geen kinderen meer wil?'

'Ja, ik denk ook wanneer zij geen kinderen meer wil.'

Hierop volgt een discussie over kinderen willen, of je je eigen kinderen wilt hebben, over hoe ouders er wel of niet achter kunnen komen wat voor soort kind ze hadden willen hebben. Elisabeth weet dat in sommige culturen het eerste kind wordt geofferd in de verwachting daarmee de goden gunstig te stemmen. 'Wat voor zin heeft dat, als je enig kind bent zoals ik?'

Door al die urenlange debatten heeft hun kamer een soort academische schoonheid gekregen. Zij hebben geen weet van gebeurtenissen die buiten hun bubbel plaatsvinden. De afgebladderde wanden geven de illusie van een afgezonderde antieke tempel, met een serene voornaamheid, welke 's ochtends ruw wordt verstoord door de Amerikanen die plichtsgetrouw de opdrachten van Adrian uitvoeren.

Onheil in de lucht

Eenmaal boven de kam van de berghelling opgesprongen, heeft de zon vrij spel. Genadeloos verpulvert zij in samenspel met de vrieskou in de winter stenen tot schijven, naalden en uiteindelijk tot gruis. In dit onherbergzaam gebied leven de schorpioenen. Alle grotere levende wezens zijn gevlucht. De mensen zijn van de gehuchten vertrokken naar de omringende dorpen. Daar wachtte de jeugd ongeduldig op de doortocht naar de steden, waar, jaren ouder geworden, zij mijmeren over de vroegere familietwisten in de vallei. Niemand verlangt terug naar het verblijf in de woestenij, waar ruïnes getuigen zijn van een sobere, verloren gegane cultuur.

Achter de kam van de berg leidt John zijn kudde schapen. Niemand weet óf en in welke ruïne hij een plek voor zijn schapen heeft gevonden, of hij de Piemonte intrekt of niet, ook niet hoe oud hij is. De dorpelingen zien hem eens per drie maanden naast een ezel lopend naar beneden komen voor het inkopen van de meest noodzakelijke levensmiddelen.

John is in Amerika geboren met Italiaanse voorouders die afkomstig zijn uit deze streek. Hij zal als kind van zijn grootouders en van de nieuwe immigranten hier vandaan, geluisterd hebben naar de verhalen die zich in de vallei hebben afgespeeld. Hij zal geweten hebben hoe het de meesten in deze regio is vergaan. Hoe zij zich wel of niet aan de verlammende armoede hebben weten te ontrukken, zelf een wijngaard en olijfbomen hebben weten te bemachtigen, door geluk en erfenissen een sober soort welstand bereikt hebben, vetes hebben uitgevochten of zich hebben opgehangen. Hoe kermissen bezocht werden waar gekaart en gevochten werd en waar men deed wat ze de Madonna beloofd hadden nooit te zullen doen.

Er waren nogal wat lieden die een deel van hun bezittingen verspeelden, waardoor zij zich weer deemoedig moesten schikken in een komende ronde, weer te beginnen met armoede. Godvruchtig begonnen zij aan een nieuwe kringloop van hoop en vrees, geluk en ellende. Enkelen van hen konden een buit binnenhalen en deze te gelde maken in het casino in Nice. Volgens de verhalen schoten sommigen zichzelf dood of hingen zich op in vreemde hotelkamers waar zij hun laatste nacht deelden met een prostituée die zij niet meer konden betalen. Deze ongelukkigen zijn uit de cirkel van hoop en vrees, van geluk en tegenslag gevlogen en konden geen beginpunt meer vinden om een nieuwe ronde te maken.

De voorouders van John maakten een nog grotere omtrek. Zij vertrokken als verstekeling naar Amerika, leefden als arme ratten in New York en werkten zich op tot kleine zelfstandigen. Ze ontweken zo goed mogelijk de Sicilianen en lieten de tweede generatie kinderen op universiteiten studeren. Zijn vader had het met behulp van vriendjespolitiek gebracht tot cultureel attaché in Rome.

Met John moet iets vreselijks gebeurd zijn. Hij heeft zijn vrouw levend zien verbranden, zelf zijn kinderen doodgeschoten, is ziek geworden of gewoon stom verlaten door zijn vrouw. Er moet een drama zijn geweest waardoor hij uit de gemeenschap in New York naar de bergen rond de vallei terugviel, als puimsteen dat eerst uit de vulkaan omhoog geschoten werd en door de zwaartekracht terug is gevallen.

Nu leeft John in twee soorten hel: de hel met de nachtelijke vrieskou en de hel met de tiranniserende zon. Hij wordt getroost door zijn kudde schapen die hem blèrend volgen en hem 's winters warmte geven. Zijn zus brengt hem eens per jaar een bezoek. Zij is een gefortuneerde dame geworden, die de taxi in het dorp ruilt voor paard en wagen waarmee ze zich tot aan de voet van de berg laat vervoeren. Vanaf daar gaat zij ook per ezel, omgeven door een paar helpers, in een driftige schommelende cadans naar boven, een parasol in haar hand. Zij schijnt boven met John te praten. De bevolking spreekt eerbiedig over haar en John. Na haar vertrek blijft het dorp nog maandenlang in een soort berusting achter, die blijft aanhouden tot Johns eerstvolgende bezoek aan het dorp.

Je kan John met een droge stem etenswaren horen bestellen die in blik niet snel bederven. De dorpelingen zijn bevangen door de mengeling van angst en bewondering voor John en zijn zus. Sommige houden hem voor een mislukte Jezus, die toornig naar het dal terugkeert wanneer hij zich betrapt heeft op zijn wens stenen in broden te veranderen, een wonder dat hem niet zal overkomen. Men ziet in zijn zuster een troosteres, een Magdalena, die hem aanspoort te volharden ofwel als de vertegenwoordigster van de nep-adellijke diplomatenfamilie die de schande over hun misdaden zoveel mogelijk wil beperken. Zij belooft John jaarlijks een steeds hogere som geld. Haar doel is hem over te halen in Genua een appartementje te kopen en zich weer bij de familie aan te sluiten.

Iedereen in de omgeving heeft zijn gedachten over John. De notaris uit het naburig dorp, die in Padua heeft gestudeerd, is ervan overtuigd dat John een mislukte Odysseus is die verstrikt is geraakt in zijn eigen verhalen en begoocheld is. Hij is geen Calypso tegengekomen die zijn hart kon verzachten. Wie kent deze mythe nog?

Op de dorre, stenige grond begint de remigrant niet aan een nieuw avontuur waardoor alle dagen, seizoenen en jaren herhalingen van hetzelfde blijven. De robuuste omgeving heeft Johns krakende lichaam mee versteend, zijn ziel ligt als een doorzichtig gewaad over de oppervlakte van de bergen.

De Amerikanen voelen een drang om hun landgenoot te ontmoeten. Wachten tot John de berg afdaalt heeft wegens hun korte verblijf geen zin. Ze vragen Adrian een dag vrij, want ze zien ertegen op om in het weekend na een week zwoegen ook nog een uitputtende tocht in de bergen te maken. Adrian merkt dat de meisjes afstand van de studenten hebben genomen en helemaal opgaan in hun eigen wereldje. Hij blijft van mening dat hij de touwtjes weer steviger moet aantrekken om de studenten in het gareel te houden en is onverbiddelijk. Hij geeft hun geen dag vrijaf.

Dave en Chad gingen de zaterdag daarop met z'n tweeën naar boven en komen lang na zonsondergang terug bij de ruïne. Beiden zitten onder de bloedende schrammen, opgedaan door tegen de takken van braamstronken aan te lopen en door zich te schuren tegen de scherpe punten van nauwe doorgangen tussen de rotspunten. Ze komen net voor donker uitgeput en ontdaan terug.

Tijdens de avondmaaltijd onthouden ze zich van deelname aan het gesprek en niemand durft hun vragen te stellen uit angst te horen te krijgen dat de jongens de dood onder ogen hebben gezien. Adrian maakt schampere opmerkingen over verloren oorlogen in Vietnam, Afghanistan en elders in de wereld, over de verslavingen van soldaten en over andere degeneratieverschijnselen in het Amerikaanse leger. Adrian is argwanend geworden en houdt niet op de studenten te tarten om bij hen een reactie uit te lokken. Het lukt hem echter niet om Dave en Chad hiermee informatie te ontfutselen. Zij blijven zwijgen alsof ze een geheim bericht hebben gekregen en moeten bewaren.

Zondag zijn de vier Amerikanen vroeg naar het strand vertrokken, op z'n vroegst maandag zou men bij Dave de bloeduitstortingen kunnen zien, welke onmogelijk door een val kunnen zijn veroorzaakt. Andy en Chris laten in het midden of Dave met Chad ofwel met John heeft gevochten. De geheimzinnigheid legt een druk op de hele groep.

Adrian wordt steeds driester in zijn uitspraken, hij vloekt en tiert. Hij wordt door Catherina afgeremd en gesust, met als gevolg dat Adrian als reactie extra buitenissige wensen uit voor het avondeten. Hij vergelijkt studenten met dieren die hij wil opeten.

Deze machteloze reactie uit onwetendheid, Adrian voelt zich buitengesloten, veroorzaakt vertraging van het werktempo, doordat iedereen zich nu wel tweemaal bedenkt voordat hij iets aanpakt of iets aan Adrian vraagt, om te voorkomen een tirade over zich af te roepen. Met nederig gestelde vragen probeert men Adrians status in ere te houden, eer waarop Adrian als hoofd van de groep recht meent te hebben. En dit recht wil verdedigen.

Ferdinand ziet gevaar op zich afkomen voor het verdwijnen van de cohesie in de groep, maar vindt geen sleutel voor een oplossing om de 'stabiliteit' te bewaren. Hij verwerkt stapels papieren met tekeningen van posities van libellen en houdt vol vorderingen met zijn studie te maken.

Lotte ontdoet de eens zo statige trap van het onkruid, dat als cement de stenen bijeen heeft gehouden. Ze klaart haar klus op zo'n grondige manier dat de stenen het verband verliezen en losraken.

Enkele dagen later wordt de vallei doorkliefd met het schrijnend gehuil van een vrouw die door de hond van een operazanger gebeten blijkt te zijn. Deze man heeft als enige van de valleibewoners het ongeschreven privilege de rust te mogen verstoren met het overheersend, rauwe geluid van een draaiende betonmolen. Het schrapend lawaai dringt het territorium van iedere dalbewoner binnen. Dit privilege grenst aan dat van Dante, die alle stukken land en huizen mag betreden die hij als scharrelaar in roerende en onroerende goederen ooit door zijn handen heeft laten gaan. Dante is een liefhebber van de opera.

De zanger heeft juist een groot ontzag voor geluiden die dieren maken, zowel voor het geblaf van zijn hond als voor het hypnotiserend geluid van de krekels. Elke keer als een van de tijdelijke bewoners de zanger tegenkomt maakt hij excuses voor het lawaai dat zijn betonmolen dagelijks een uurtje maakt. Hij werkt de hele zomer al aan zijn ruïne welke als een vogelnest tegen de helling is gebouwd. Ter hoogte van het dak loopt het landweggetje dat naar de parkeerruimte achter het huis van Dante leidt. De zanger heeft een bouwvakker uit Olivetta als hulp voor het uurtje betondraaien, waarvoor hij weer excuses maakt, al weet iedereen dat een volgende keer het natuurlijk evenwicht tussen de geluiden in de vallei opnieuw ruw zal worden verstoord.

Ten slotte heeft de zanger op zijn wijze genoeg beton verkregen voor een geheel nieuw dak. Hij is nu bezig met de vloeren van de lager gelegen ruimten. De volgorde van werken klinkt onlogisch, maar het gevaar van inzakkende fundamenten is vanwege de rots waar het huis op gebouwd is, afwezig, terwijl buiten het zomerseizoen het geweld van de bergen komt. Het regenwater sleurt niet alleen boomstammen mee; ook zware stenen, die met een donderend geraas op het dak beuken. Het dak moet tegen dit forse geweld bestand zijn en onderliggende kamers beschermen.

De zomergasten doen vaak smalend over de onhandig lijkende praktijken van artiesten, maar uiten geen openlijke kritiek. Hij moet een deal met Dante gemaakt hebben om de rust te mogen verstoren. Catherina vindt dat Dante te weinig gezag heeft over de zanger en de zanger te weinig gezag heeft over Giovanni, die nooit langer dan een uurtje werkt. Ook Lotte stoort zich aan het ratelend gerommel. Zij uit geen kritiek op collega's in de muziekwereld. Zodra Giovanni genoeg geld heeft verdiend, gaat hij deltavliegen boven deze en andere valleien in de buurt. Zo blijft het dagelijks geraas qua duur voorspelbaar en wordt tegen wil en dank getolereerd.

Onverwacht is gebleken dat de zanger tijdens het betondraaien vanaf de balustrade van zijn onderste kamer aria's zingt. Behalve zijn enige buurman, een bleke pianist die men vrijwel nooit te zien krijgt, weet waarschijnlijk niemand van deze geheime repetities. Men vindt de framing over Giovanni volstrekt geloofwaardig, het past precies in het beeld dat de Hollanders van Italianen hebben. 'Domani' komen wij terug. 'Domani' ben ik klaar met het storten van het beton.

Op de bewuste dag was het aggregaat uitgevallen. De zanger ging zo in zijn gezang op dat hem het wegblijven van het rauwe geluid van de betonmolen niet is opgevallen. Zijn stem dreunt over het dal en in plaats van lichtvoetige amoureuze liederen waar vrouwenharten sneller van gaan kloppen, klinken flarden van de strenge spreekstem van Mozes uit de opera van Schönberg.

'Unvorstellbarer Gott,
unaussprechliche vieldeutige Gedanke lasst du diesen
Auslegen, zu darf Aaron, mein Hund, dieses Bild machen,
so habe ich mich rein Bild
gemacht falsch wie ein Bild nur sein kann.
So war alles Wahnsinn was ich bedacht
habe und kann und darf nicht gesagt werden,
o Wort du Wort, das mir fehlt.'

De zanger twijfelt even aan zijn eigen stem op het moment dat hij het gegil van de vrouw hoort. Voorheen kwam tijdens het betondraaien geen geluid zijn kamer binnen en werd zijn stem opgeslorpt in het gebonk van de betonmolen. Hij rent naar boven en loopt naar het parkeerterrein waar zijn hond hem opgewonden, met de kop naar beneden en de staart tussen de benen, jankend tegemoet drentelt. De gebeten vrouw bloedt hevig en is door Dante alvast in een kruiwagen getild. Ze gilt al niet meer en huilt evenmin, ze is wit weggetrokken. Zij wordt via het smokkelpaadje, dat hoger en evenwijdig aan de rand van de wijngaarden loopt, enkele honderden meters verderop bij het witte kerkje naar haar huis gereden.

Ferdinand komt met Carla net uit het dorp terug en hoort het verhaal. De verzengende hitte, de bloedsporen, de vreemde atmosfeer die in de vallei hangt, alles bij elkaar geeft het een sfeer van naderend onheil. De operazanger zou de gebeten vrouw toegeroepen hebben: 'Mijn hond bijt nooit iemand zomaar, heb je mijn maatje boos gemaakt?'

Vorig jaar is dezelfde vrouw immers ook door een wild geworden kat aangevlogen. Vrijwel niemand van de valleibewoners kent de vrouw en niemand neemt het voor haar op, terwijl men de uitspraken van de zanger te hard en zonder mededogen vindt. Hoog in de lucht zweeft Giovanni met zijn rode deltavlieger op de thermiek.

'Kijk, bloedsporen! Wanneer het ijzer van het bloed oxideert wordt het bruin.' Ferdinand houdt zich vaker vast aan wetenschappelijk aandoende uitspraken die er op het moment zelf niet toe doen. 'Volg het bloedspoor. Ze is die kant uitgegaan. Zij is toch de vrouw die bij het kerkje woont?'

'Weet ik niet.' Carla kent die vrouw niet.

De magere lijstenmaker, die vlak voor de doorwaadbare plek tegenover Adrians ruïne woont, komt aanlopen. Hij is zoals gewoonlijk half aangeschoten en toont als een in de vijftiger jaren naar Parijs uitgeweken schilder die het niet gemaakt heeft.

Ferdinand neemt hem vanonder zijn wenkbrauwen op en heeft snel zijn oordeel klaar. Hij houdt niet van mannen die mislukken en hun eigen vlees van hun botten zuipen totdat ze er als een skelet bij lopen en ondertussen doen alsof ze bezwijken onder hun artistieke gaven. Ferdinand kan zelfdestructie nog billijken wanneer daar creaties tegenover staan die de mensheid, ook al is het maar een millimeter, opschuiven naar een hoger plan. Toch ontstaat er tussen hen vrij snel een amicale sfeer, wellicht door Ferdinands herinneringen aan zijn eigen zwerftochten door Parijs in zijn jongere jaren.

De lijstenmaker verspreidt een zure wijnlucht en beweert met dubbele tong dat de zanger groot gelijk heeft. 'Dat wijf is een verdomde heks. Ze vertoont zich nooit, maar wanneer ze naar buiten komt maakt ze dieren onrustig en agressief. Alleen heksen zoals zij doen zoiets.'

Carla is het bloedspoor, dat verder achter de wijngaard van Dante te volgen is, nagelopen en wordt bevangen door de hitte; het beeld van de vrouw die met haar bloedende arm over de rand van de kruiwagen hing, het geluid van de krekels en witte vlinders die uit de hoog opgeschoten brem vliegen en grillig voor haar uit dansen, het wordt haar bijna te veel.

Ze loopt weer terug, haar angst wint het van haar nieuwsgierigheid. Plotseling ontwaart ze Dante, die zich wel vaker onbeweeglijk achter een wijnstronk verschuilt en zo zijn dal overziet en nieuwe plannen beraamt.

Ferdinand staat nog bij Bertus, die omstandig betoogt: 'Een omlijsting maakt een tafereel pas tot een schilderij. Kijk nou.' Hij wijst naar de helling aan de overkant, waar hoog de zwartgeblakerde stammen staan te treuren en op een lager gelegen terras de grijswitte stronken van de geschroeide olijfbomen staan te wachten op de eerste groene takjes. 'Als ik daar een lijst omheen doe dan heb je een schilderij.' Hij maakt wankelend op zijn benen met armgebaren een denkbeeldige lijst.

'Als ik een lucifer bij je bek hou zie je een steekvlam.' Ferdinand schrikt van zijn uitspraak. De kunstenaar vindt de uitspraak juist wel aardig en geeft Ferdinand een ferme klap op zijn schouder.

Hij daalt het pad af, gevolgd door Ferdinand, en bij het dorpspleintje zien zij Alice en Elisabeth die in een debat verwikkeld zijn, als vormen zij een college van rechters op het forum dat oordeelt over het aandeel van schuld in de kwestie van de hondenbeet.

Ze hebben het er duidelijk moeilijk mee de operazanger, die hen zo vaak met zijn donkere stem begroet, te veroordelen. Om nu een onbekende vrouw, die door een wild geworden hond is gebeten, zelf tot schuldige aan te wijzen en niet in staat is zichzelf te verdedigen, gaat hun ook weer te ver. Elisabeth kent echter wel voorbeelden van vrouwen die onheil naar zich toe trekken.

'Hey Ferdinand,' zegt ze als hij met broden onder de arm en twee flessen bronwater in de hand met haar naar de ruïne loopt. 'Ik heb een rare droom gehad. Ik bevond me in onze slaapkamer. Mijn moeder stond bij het gordijn dat voor de opening naar het platte dak hangt. Ze trok voor mij onverwacht het gordijn open en ik deed het meteen weer dicht. Ik schreef met een vulpen in mijn geheime dagboek en voelde mij door haar overvallen. Op een of andere manier waren mijn vingers blauw van de inkt. Ik ging staan en de gouden pen viel uit mijn handen. Ik werd heel droevig wakker.' Zij steekt een sigaret op en blaast de rook peinzend voor zich uit.

'Je zou toch stoppen met roken.' Ferdinand geeft een draai aan wat hij ziet als de betekenis van de droom. Elisabeth had het zichzelf ook beloofd te stoppen, maar kan het roken niet laten. Een sigaret tussen haar vingers geeft haar de allure een volwassen vrouw te zijn. De boost door de nicotine wil ze ook niet missen.

'Je lijkt mijn moeder wel. Ik heb geen zin meer te doen alsof ik niet rook. Ze kan het toch gewoon ruiken aan mijn kleren.'

'Nee, zo bedoel ik het niet, ik weet niets te zeggen over je droom, ik zeg maar wat. Het gaat wel om iets kostbaars van jou. Je laat goud uit je handen vallen.'

'Ik had nog een droom.'

'Nou, Elisabeth, vertel.'

'Als je lacht dan ga ik je echt mollen.'

'Waarom zou ik? Dromen is gewoon als praten in beelden.'

'Oké dan. Ik zit op een boomstam en drijf met een behoorlijke vaart de rivier af. Aan de ene kant klampt Chad zich vast en aan de andere kant Dave. Ze omklemmen met hun armen de boomstam en kijken mij afwachtend aan. Ik word vreselijk bang om mijn benen tegen de stenen te stoten. Dat is mijn tweede droom.'

'Best spannend, het lijkt wel wildwater-kanovaren,' zegt Ferdinand om een seksueel getinte uitleg te omzeilen. Elisabeth is de overtuiging toegedaan dat zij van haar moeder niet mag masturberen, dat is Ferdinand wel duidelijk. Hij vindt dat zij zelf maar de grenzen van haar privacy moet trekken en moet bevechten. Aan de dikke boomstam tussen haar benen besteedt hij geen woord. Het plompverloren in woorden omzetten van de beelden uit de droom kan schokkend zijn. Ferdinand heeft het in zijn eigen therapie ondervonden. Droombeelden gaan vooraf aan het bewust worden, dat dankzij de kracht van Eros vanzelf volgt, is zijn ervaring.

'Ik was bang dat ik mijn benen zou stoten, wat in het echt natuurlijk gek is, want dan ga je gewoon staan. Zo diep is de rivier hier niet.'

Carla doet niet actief aan het gesprek mee. Op de een of andere manier weet zij dromen wel te begrijpen. 'Jongens hebben zulke dromen volgens mij niet,' zegt ze. Ze laat het daarbij.

Het gesprek gaat verder over van alles en nog wat, het kabbelt net zo voort als het water van de rivier, met versnellingen en vertragingen, waarbij het klaterend geluid afzwakt. Op de donkere bodem worden patronen van takken en bladeren in vele schakeringen zichtbaar.

In een straatje waar Piazza Cavour aan ligt, staan een aantal huizen leeg. Eén daarvan wordt in het weekend bewoond door een Italiaanse familie die door de week overdag hun keffertje achterlaat. Dat slaat aan wanneer je langs het huis loopt. Soms hoor je 's avonds ook het geluid van een tv, de meesten vinden het schandalig zo'n hondje de hele dag alleen te laten.

Het begint te keffen en opgewonden op het dak heen en weer te lopen op het moment dat Cora de bovenhelft van de deur opendoet. Zij is een stevige, blonde vrouw, nog maar net weduwe, waardoor de meeste bewoners niet weten hoe ze haar moeten benaderen en haar liever links laten liggen. De meisjes groeten

Cora ook niet. Er klinkt een partita van Bach, heel dwingend in deze weelderige omgeving, alsof ze wil zeggen: 'Het moet hier blijven zoals ik het wil.'

Ze lopen het pad af langs de naastliggende wijngaarden, op weg naar Adrians ruïne. De door Dante aangelegde, dikke, rubberen slangen voor watertoevoer lopen hier en daar bovengronds. Het is zinderend heet. De kunstschilder zit met zijn gezin alweer onder een rieten beschutting tegen de felle zon op het dak. Ze dalen af naar de rivierbedding, waar zij het luide ketsen horen van keien die op elkaar worden gegooid.

Adrian was na het eten van koeienwangen lankmoedig geworden. De jongens mogen de hele middag in de koelte onder het gebladerte boven de rivier twee bruggenhoofden aanleggen waarop uiteindelijk twee boomstammen komen te rusten.

Chris staat rechtop te filosoferen en legt af en toe middelgrote stenen met gepaste aandacht op de stapel. Hij begint weer over het fenomeen 'rivier' in de wereldliteratuur, de onmogelijkheid van goed vertalen en het nut van metaforen. Dave schept behagen in zijn spierkracht en gooit grotere stenen van een afstand op het groeiend bruggenhoofd. Andy kijkt op meelijwekkende wijze naar de jongedames die met hun voorname tred de rivier doorwaden. Chad is de oever opgeklommen en meent een grote slang gezien te hebben, één van Aziatisch formaat. Hij kronkelt zichzelf geruisloos door de begroeiing om dichterbij te komen. Om zich thuis te wanen?

Na de rivier lopen de studenten zoals dagelijks de steile helling op en komen puffend boven. Adrian is in een heftig dispuut verwikkeld met Catherina, niet zozeer omdat zij het oneens zijn, juist omdat zij het ergens over eens zijn. Catherina kan wel vrede hebben met dit soort disputen, omdat het gesprek, anders dan bij hun meningsverschillen, elk moment door haar gestaakt kan worden.

Adrian zoekt met schuin hoofd en priemende ogen scherp naar twistpunten en bouwt daar hele gedachtespinsels omheen waarbij het hem niet gaat om het resultaat, het gaat hem om de oefening in het logisch denken als voorbereiding, wie weet op een echte woordenstrijd. Elisabeth heeft direct door waar het over gaat en met haar superieure glimlach kijkt zij Adrian aan.

Adrian, die zich betrapt voelt, gaat uit schaamte de potti campi legen, iets wat Ferdinand nooit zou doen. Hij mijdt de potti, hij baart nog liever een kind dan zich te moeten ontlasten op zo'n kleine doos. Lotte heeft de afwas gedaan en wil in de schaduw gaan lezen. Zij krijgt een stofje in het oog, ze legt het boek weer weg, maakt haar lenzen schoon.

De hitte blijft drukkend en slaapverwekkend. Alle opwinding van de bijtende hond is vervluchtigd. De duisternis valt snel in, de verkoeling door de ruisende rivier voelt gelukzalig aan. De vuurvliegjes lichten op als knipoogjes van energie, de donkerblauwe hemel met heldere sterren is een vertrouwd beeld en stelt iedereen die ernaar tuurt gerust. In relatie tot de eeuwigheid gebeurt er op aarde weinig schokkends; je kan je veilig neerleggen en de slaap bezit van je laten nemen.

Salvatore

De ochtend begint relatief koel. Wolken, die vanuit de zee landinwaarts drijven en onderweg doorgaans oplossen, glijden nu over de bergkam heen waartegen zij meestal blijven hangen. Zij vormen nu boven de vallei een grijs plafond. De atmosfeer wordt in de loop van de dag benauwend. Het gefilterd zonlicht straalt wit neonachtig uit. Geen zuchtje wind. Het zweet verdampt niet meer en kringelt naar de bilnaden van de valleibewoners.

Iedereen wil weg uit deze gigantische martelkamer. Catherina gaat met Lotte en de jonge dames naar Ventimiglia om inkopen te doen en een briesje van de zee over hun bezwete lijven te voelen. Ferdinand gaat mee. Hij wil in de buurt van het station cafés met oude airconditioning bezoeken en hun vooroorlogse interieurs bewonderen. Hij verlangt ernaar weemoed te ondergaan van mensen die van hieruit zijn vertrokken in de tijd dat de trein nog het belangrijkste vervoermiddel was. De cafés tonen met oude in kleur verschoten reclameborden de vergane glorie uit het veelbelovende begin van de vorige eeuw.

Adrian neemt Chad mee op zijn zoektocht naar een grotere ideale septic tank. Andy, die een twee meter diep gat gegraven heeft, is met stampende voeten weggelopen. Ook Dave en Chris, die moeten doorwerken, reageren met verbeten gezichten. Zo schudt Adrian zijn kaarten. Hij wijst dagelijks een prins aan en de andere studenten hebben zich naar zijn nukken te schikken.

Adrian komt 's avonds tegen zevenen terug en oordeelt dat 'zijn onderdanen' weinig hebben uitgevoerd. Ze zijn zonder zijn toestemming eerder met werken gestopt en hebben 'als kinderen op een vrije middag' in het water gespeeld en zich verfrist. Ze hebben zich geschoren alsof ze naar een bal gaan en zitten te kaarten. Ze kijken nauwelijks op wanneer Adrian zijn hoofd boven de oever uitsteekt. Het lijkt of Adrian hún gast is in plaats van andersom en dat hij zich ook nog voorkomend moet gedragen. Die rol past Adrian niet.

Zoals meestal heeft hij weer niets gekocht, hij heeft alleen maar gekeken, de prijzen vergeleken en eindeloos veel vragen gesteld. Hij meent door deductie van de antwoorden later de ideale aankoop te kunnen doen.

In de schemering komen de dames met Ferdinand aanzetten. Ferdinand heeft een restant sardines gekocht die hij wil grillen voor het avondeten. Hij is de enige die met een innig tevreden gezicht rondloopt, zijn dag is goed.

De dames hadden willen baden in Menton. De zon kon de hele dag niet door het wolkendek heen komen. Om dan op een 'strand' met kiezelsteentjes te liggen, was hun te veel gevraagd. Alice, Carla en Elisabeth komen chagrijnig hun ruimte in, het schemert. Het wolkendek heeft ook hun kamer haar glans ontnomen.

De volgende dag is het helder weer. De lucht is blauw en de natuurlijke orde is als vanzelfsprekend hersteld. De vriendinnen worden later dan gewoonlijk onder de maagdelijke klamboe wakker en gaan eerst uitgebreid op het aangrenzend platte dak praten over alle onderwerpen die in hun hoofden opkomen.

Elisabeth heeft weer een bijzondere droom gehad. Ze zat op een wit paard dat een gevaarlijke afdaling van de helling naar de rivier maakte. Vlak voor zij van het paard af zou vallen, werd zij door een hydraulische grijparm, waarmee men autostrada's aanlegt, van het paard getild en boven op de zuidelijke bergtop gezet. Carla en haar zus giechelen, het witte paard doet hen meteen denken aan de prins die erop had moeten zitten. Het is hun wel duidelijk dat voor Elisabeths onbewuste, de tijd voor een prins nog niet rijp is.

Ferdinand roept hen voor het ontbijt en gaat alvast de tafel dekken, om daarna met zijn aantekeningen, die al op tafel liggen, naar zijn plekje bij de rivier te gaan. Hij wordt in zijn voornemen gedwarsboomd door het drietal dat de weg naar de uitgang blokkeert en voor hem gaat staan en quasi vragen gaat stellen.

'Heeft een droom altijd een betekenis?'

'Dromen hebben altijd een betekenis!'

'Betekent een symbool altijd hetzelfde?'

'Zo'n vraag kun je niet simpel met "ja" beantwoorden. Dus: nee.'

''Wat betekent een wit paard in een droom, staat dat niet in het boekje dat je leest?'

Er volgt een spervuur van vragen die niet serieus bedoeld lijken en het heimelijk wel zijn. Ferdinand verzint een smoes om weg te komen.

Hij loopt de rivier een stukje af, klapt zijn tafeltje en stoel uit en zit in zijn eigen bubbel te fantaseren over het ontstaan van godsdienstige belevingen. Hij heeft *Totem und Tabu* uitgelezen. Hij vraagt zich af of de komst van Jezus millennia later dan de tijd van de oerhorde, als een mijlpaal in de ontwikkelingsgeschiedenis van de menselijke geest kan worden gezien. Met name door het kerstverhaal, vanwege de ethische gevolgtrekkingen die te maken zijn over kindermoord, vluchtelingenproblematiek, gebrek aan slaapplaatsen, misbruik van macht, het buigen van machtige leiders voor eenvoudige oprechte mensen. Deze wantoestanden zijn onderdeel van het kerstverhaal, dat volgens Ferdinand ook in deze aspecten gewaardeerd zou moeten worden.

Niet alleen de romantische verhalen over reizen per ezel. Die reizen zullen in die tijd immers niet romantisch geweest zijn. Bovendien, sinds de komst van treinen is een ezel als vervoermiddel niet meer relevant. Kindermoord nog wel, en zwervers zijn er in overvloed, foute leiders en dictators komen en blijven nog steeds aan de macht. Zij buigen niet voor de wensen van het volk.

Carla en Elisabeth gaan boodschappen doen. Alice komt even bij Ferdinand zitten om de ongeïnteresseerde lacherigheid over de vragen naar dromen goed te maken. De lichtval tussen het gebladerte geeft een schutkleurige marmering op het water en op het lichaam van zijn dappere dochter. Hij legt Alice uit waarmee hij bezig is en wijst naar een slome slang die zich onhandig, want zonder vinnen, op de bodem van de rivier voortbeweegt en absoluut geen gevaar voor de visjes kan zijn.

Ze haalt haar schouders op en knippert sneller dan de vleugelslag van een vlinder als teken van goede verstandhouding met haar vader.

'Ik zou geen uren kunnen stilzitten zoals jij.'

'Hoef je gelukkig ook niet. Wat ga je doen?'

'Door de rivier lopen, denk ik.'

'Ga je naar de Romeinse brug verderop?'

'Nee, daar is het mij te stil.'

'Heb je die vleermuizen gezien in die oude schuur?'

Alice is niet van plan de rivier af te zakken naar een unheimisch, onbekend gebied met vleermuizen, wie weet schrikken ze wakker en brengen zij ziekten over. In het verloop van de rivier, ver voorbij de hoger gelegen kerk en voorbij de brug, moeten nog oudere, verlaten nederzettingen liggen die zij in haar eentje ook niet durft te bezoeken.

'Ik ga richting Olivetta.'

En ze gaat. Elke keer dat zij met haar voeten van een gladde steen glijdt en het evenwicht door snelle bewegingen herstelt, slaakt zij met haar handen wapperend vrolijke kreten, welke langzaam opgaan in het geklater van het altijd ruisende water.

Alice heeft in een half uur lopen zo'n vierhonderd meter vanaf Adrians ruïne in noordelijke richting afgelegd. Ze komt bij een bocht aan waar de rivier weinig verval heeft. Op een rotspunt staat een jongeman in volkomen concentratie een vechtsport te beoefenen, waarbij hij aan kettingen gebonden stokken over zijn bovenarmen en schouders op zijn rug slaat. Alice schrikt eerst van het ritmische gedreun op het lichaam, het zwiepend geluid en bewondert dan de stijlvol uitgevoerde techniek. De jongeman beantwoordt haar angstige groet niet.

Ze loopt quasi rustig door. Ze heeft geen oog meer voor de vlinders die om haar heen tuimelen, noch voor de libellen aan de oevers of de forellen die haar tegemoet zwemmen, noch voor het vogelgezang en het knerpend geluid uit de vallei die zij nu bijna heeft verlaten. Zij hoort het bonzen van haar hart en het nerveuze in- en uitademen van lucht. Ze durft niet achterom te kijken. Ze is zo'n kleine honderd meter van een brug verwijderd waar de noordelijke punt van de vallei eigenlijk begint, waar het verval sterk is en beide oevers boven haar zes tot acht meter hoog boven haar uitsteken. Op die plek komen van beide kanten rotspartijen dicht bij elkaar. Alice is van plan vanaf de brug verder de weg naar Olivetta te volgen en hoopt Elisabeth en Carla tegen te komen.

Op de metershoge oever ziet zij een motor vrijwel verticaal in de bebossing hangen. Zij klimt erheen en bekijkt het klassieke model, veegt tot poeder geworden roest weg en merkt dat haar angst wegzakt. Alice had gisteren tijdens het avondeten, toen Dante even controlerend langskwam, wel begrepen dat de rivier in het voorjaar tot meters boven de oevers kan stijgen en woeste krachten kan ontketenen, waardoor het optillen van motoren kinderwerk is. Ze vindt ook een oude, gekantelde aanhangwagen, een losgeraakte deur en gebroken telefoonpalen die zijn meegesleept.

Verderop ziet Alice een marineblauw autootje door het geboomte schijnen. Zij springt van de ene op de andere steen tussen de bomen door naar auto, de linkerzijdeur hangt half los. Alice klimt meters omhoog en onderzoekt de omgeving. Ze ziet een plastic map in het zijvak en neemt de inhoud mee. Ze loopt glijdend met de meegenomen papieren behendig naar beneden, neemt het laatste sprongetje en ploft neer naast de jongeman die zij net nog had gezien en stiekem had bewonderd vanwege zijn gespierde lijf met een wasbordje.

De jongen slaat haar de papieren uit handen en neemt een statische vechthouding aan die elk moment in beweging kan overgaan. Alice had daarvoor haar voorraad angst al uitgeleefd en weet dat nu haar lach de beste verdediging is.

Haar verschrikte gelaat, vol zuiverheid en schoonheid, verandert in één ontwapenende glimlach. 'Hallo!'

De jongen zegt niets terug en neemt Alice hautain-kritisch op. 'What are you looking for?'

'I'm just walking through the river.'

'Nobody is walking through this part of the river for nothing. So? Why did you take these papers?'

De jongen hervat zijn oefeningen op een dreigende manier. De stokken vliegen rakelings langs Alice' gezicht. Ze vertrekt evenwel geen spier en blijft hem strak aankijken. Ze merkt dat zijn weerstand aan het breken is en kan het niet laten het laatste zetje te geven door haar oogleden te laten trillen. De kracht trekt uit zijn armen weg, hij gooit zijn stokken teleurgesteld in het water en schreeuwt dat hij haar wil killen.

'Don't do that. Who the hell are you?'

'Salvatore.'

Een redder? Een messias? Alice moet in haar hoofd even schakelen. Ze kijken elkaar een poos zwijgend aan. Wat te doen? Vechten heeft geen zin, vluchten evenmin. Dan maar de joker inzetten. Zichzelf.

'Okay, I am Alice, what are you doing here?'

'I'm waiting for the guy who killed my friend. He should come back to this place.'

Salvatore ontspant en vertelt ineens onverwacht gemakkelijk, over zijn vriend die eigenaar was van de marineblauwe Fiat. Sinds diens verdwijning vorig jaar heeft hij zijn vriend niet meer gezien. Via via is hij erachter gekomen dat zijn auto hier ergens in de bomen moest hangen. Af en toe komt hij op deze plek een middag trainen. In de eerste plaats om zijn vriend te eren. In de tweede plaats om een kans te maken een van de daders te betrappen op het weghalen van sporen die naar hen kunnen leiden.

'Although, the car could be pushed in the river miles away from here. I know. The river can be very wild and high and can easily bring the car to this place.'

Alice kijkt hem vol ongeloof aan. Ook met opluchting. Een moord gepleegd in deze omgeving kan de sfeer die in de vallei hangt verklaren. Het per ongeluk doden van de schorpioen door haar is dan niet de enige reden van de spanning die aanvoelt als stilte voor de storm, voor het losbreken van onweerswolken en donderende bliksem.

'Then I saw you, I followed you with my eyes and I saw you picking the papers.'

'It is an amazing story, but I'm just walking to Olivetta.'

'How can you prove that?'

'You will see my friends soon, within one hour. They will come back from the village.'

'I don't know what to say.'

'Well, say nothing or tell me about your friend.'

Salvatore vertelt ook weer onverwacht openhartig over concurrerende misdaadorganisaties en het smokkelen van goederen over de Franse grens. Hij blijkt historisch onderlegd te zijn. Voor de achtste eeuw cultiveerden monniken de vallei al, vanaf die tijd werd er al gesmokkeld. Salvatore vertelt over de strijd in de dorpen tussen de communisten, de fascisten en katholieken. In elk dorp, ook in het Franse gedeelte, veroorzaakten deze kwesties scheuren in familiebanden.

Alice klinkt zijn verhaal niet vreemd in de oren, zij heeft 's avonds tijdens de maaltijden nogal wat verhalen opgevangen. Ze is verbaasd over de openheid van deze stijlvechter, het voelt alsof hij in het nauw zit. Hij moet angstig zijn. Waarom? Normaal gesproken spreek je niet zo vertrouwelijk met een vreemde. Heeft hij een bedoeling met zijn openheid?

'Why kill somebody?'

'Because it is running out of hand, it is out of control. There will be more killing. I am not able to solve the conflict at my own.'

Alice voelt nu zijn angst en opent zich om gehoor te geven aan zijn niet uitgesproken vraag. 'What is the real story Salvatore, tell me.'

'I can't tell you more. I see you later.' Met een katachtige sprong verdwijnt Salvatore in de dichte begroeiing.

Madonna

Zaterdag is rustdag. De zon tast met violetkleurige stralen de oostelijke bergkam af. Het randje licht zie je breder worden en ineens springt zij boven de rand uit. Zij strooit het frisse ochtendlicht als verdund zilver de vallei in. Vanaf een afstand gezien lijkt de zon als een wielrenner de berghelling te beklimmen.

Ferdinand vindt het een komisch beeld, niet alleen vanwege zijn hobby, ook vanwege zijn associatie met Sisyphus, die met een smoes uit de onderwereld ontsnapte en zich vervolgens niet aan de afspraak met de goden hield. Voor straf rolt hij elke dag een steen de berg op die door de zwaartekracht vanzelf weer naar beneden rolt. Elke dag dezelfde zware taak als straf of als prijs voor een oneindig lang leven.

De zon heeft er daarentegen plezier in om elke dag opnieuw haar werk te doen en is behalve wreed, ook humoristisch. Zij is zelfs noodzakelijk voor al het leven op aarde. Het beeld van de zon die over de bergkam naar boven rolt, is niet de werkelijkheid zoals vele beelden niet werkelijk zijn. Eerder schone schijn, die als een doorzichtig gordijn voor de grauwe werkelijkheid van het leven hangt. De glinsterende dauwdruppels zullen snel verdampen en de lucht zal weer zinderen van de hitte, de krekels zullen weer op gang komen en doen alsof zij musiceren. De zon schijnt mooi. In werkelijkheid is zij een genadeloze atoombomfabriek, die ooit de aarde zal opslorpen.

Adrian heeft op de rustdag geen ochtendstaf gehouden met zijn vier vrijwilligers, waarvan in ieder geval drie in een klemmend keurslijf hun verplichtingen nakomen. Iedereen schuift op zijn eigen tijd aan tafel en pakt zelf zijn ontbijt.

Ferdinand heeft de meisjes beloofd op het fenomeen droom terug te komen en wil zich voorbereiden door het boek nog eens door te bladeren. Het boek ligt niet waar hij dacht dat het zou liggen. Hij kan het nergens vinden en besluit daarom een wandeling met Lotte te gaan maken.

Zij steken samen het riviertje over, lopen tussen de gewassen door het platte deel van de vallei naar de overkant. Daar nemen ze het pad naar het witte kerkje, waarvan het torentje fier en kwetsbaar als een bloem boven op een plateau prijkt en in haar zuiverheid tussen twee even trotse cipressen staat te stralen.

Voor het kerkje ligt een pleintje waar vroeger de kerkbezoekers samenkwamen. Ongetwijfeld stonden mannen en vrouwen in groepjes van elkaar gescheiden, Ferdinand ziet het voor zich. Het pleintje is van de lager stromende rivier afgescheiden door een halfcirkelvormige, stenen bank. Hier zaten vroeger de oude mannen, die eerder dan hun vrouwen versleten zullen zijn geweest. Zo is het altijd geweest en zal wel zo blijven. Wanneer daar wandelaars uitrusten met hun ruggen naar het dal gekeerd, zijn hun ogen op de deur van het kerkje gericht.

Er waait op dit hoger liggend deel meestal een aangenaam briesje. Vanaf dit punt heb je een prachtig uitzicht over de vallei, op de door bomen omzoomde rivier en een aantal ruïnes. Vooral is hier zicht op de ruïne van Adrian. Je kan de Amerikanen heen en weer zien lopen en aan tafel zien zitten. Waarschijnlijk schrijven ze brieven aan hun ouders of werken hun dagboeken bij.

De gewijde stilte deze ochtend op deze plaats noopt Ferdinand en Lotte tot inkeer. Ze gaan zonder het van elkaar te weten hun eigen levens na, vanaf de kindertijd waarin zij zelf nog ter kerke gingen, tot aan hun huwelijk en daarna. Op zoek naar ervaringen die hun levensloop hebben verlegd. Ferdinand benoemt zijn jeugdervaringen nu niet meer als trauma's. Zoals de rivier elke blokkade ook niet als een trauma zal ervaren; eerder als een moment dat aanpassing vergt, waardoor het leven onder druk als vanzelf even sneller stroomt.

Zij vragen zich af welke gebeurtenis hier ooit op een achtste september heeft plaatsgevonden. En van zo'n historisch belang geweest moet zijn dat het nog steeds een jaarlijkse ceremonie afdwingt. Op deze datum wordt hier een processie gehouden. Nazaten van families die in Bussaré hebben gewoond en die het onderhoud van het kerkje financieel ondersteunen, komen van heinde en verre om op die dag in september bijeen te zijn en samen te eten.

Tussen de tralies door zien ze de Madonna aan de voorkant haar gouden glans afgeven. De contouren van een altaar vervagen in de duistere ruimte daarachter. Ferdinand heeft gehoord dat de vrouwen op zo'n dag in de kerk bidden, terwijl de mannen op het pleintje ervoor staan te praten, hun zaakjes regelen en moppen vertellen. Met een aggregaat wordt op die dag de kerk verlicht met lampen van allerlei kleuren zoals bij Italiaanse ijssalons gewoon is. Na afloop eet de gemeente als ritueel bonen met geitenvlees.

Op het pleintje in Bussaré worden in koor in een oude taal hymnen gedempt gezongen. Hun gezang mag het dal niet verlaten. Alleen oudere mensen afkomstig uit deze streek kennen de toon nog. Ferdinand denkt, zoals gewoonlijk, dat de ceremonie meer diepgang verdient dan die nu krijgt. De plechtigheid moet van het oorspronkelijke gebeuren zijn losgeraakt en een symbolische betekenis hebben gekregen. Hij denkt aan verering van een voorchristelijke moedergodin die al het leven voort heeft gebracht. De oude, in het zwartgeklede vrouwtjes met kromme, schuifelende benen, die hij zich bij zo'n bijeenkomst voorstelt, beantwoorden bij voorbaat al niet aan zijn beeld van stralende godinnen. Wellicht aanbidden zij hun stralende jeugd die is vergaan.

De goudkleurige Madonna heeft een hypnotische gevaarlijke aantrekkingskracht, alsof zij wil zeggen: 'Neem me, eet van mij, er is genoeg.' Ferdinand, naïef als hij is, zou zeker door het open raam naar binnen geklommen zijn wanneer er geen tralies waren gemetseld.

Hij vertelt Lotte over zijn gevoelens voor de Madonna, die bits antwoordt dat hij beter meer aandacht aan haar zou kunnen schenken. Ze grijpt meteen zijn hand om verwijdering tussen hen te voorkomen. Ferdinand rukt zich kort daarop weer van haar los, hij kan er niet tegen vastgehouden te worden en kritiek aan te horen. Ze zitten te hakketakken op het grensgebied waar de strijd tussen man en vrouw zich pleegt af te spelen.

'Als de Madonna jou in haar metalen greep vast zou pakken, zou je pas echt schrikken,' bijt Lotte hem toe. Ferdinand kijkt stug voor zich uit. Hij laat zich niet verleiden tot een twistgesprek waarin hij in de ogen van Lotte de verliezer zal zijn.

Ferdinands aandacht zweeft over zijn jeugdperiode, de tijd waarin zijn zusje nog leefde. Vanaf zijn tiende jaar is een deel van hem dood op de bodem van zijn ziel blijven liggen. Hij zoekt naar een verklaring voor zijn fascinatie vandaag voor het Madonnabeeld en zijn strijd met de tijd. Sinds haar overlijden heeft hij nooit meer een horloge kunnen verdragen. Een dun doodskleed, geweven uit draden van liefde voor zijn zusje, is mee begraven en heeft Ferdinand gevoelig en kwetsbaar gemaakt.

Hij wil zijn inzicht niet serieus nemen, niet inzien dat hij in een flits de bron van zijn afstandelijke manier van leven waarneemt. Ook niet dat door het verlies een afstand blijft bestaan met zijn dierbaren, zoals met Lotte, waardoor het ook niet lukt om in zijn kracht te komen. Hij neemt zonder een andere houding te kunnen aannemen die van onkwetsbaarheid aan, juist als zijn verdediging tegen het kwetsbaarste deel binnen hem.

'De Madonna laat zich vereren, ze straalt een gouden glans af, zij blijft staan waar ze staat. Net als jij. Ik moet altijd maar veranderen naar jouw wensen. Je hoeft mij niet te adoreren, gewoon als medemens behandelen, ja!'

Ferdinand denkt op twee sporen tegelijkertijd, ook over het menselijk tekort waar hij over heeft gelezen. Hij voelt zich niet verantwoordelijk voor het menselijk tekort. Laat iedereen het zelf oplossen. Tegelijk overvalt eenzaamheid hem. Het is geen gevoel van eenzaamheid, het is meer een last die hij als een steen meedraagt waardoor hij altijd te laat komt. Niet te laat in de wereldse tijdsorde. Te laat. Altijd te laat.

Lotte praat bedachtzaam over Ferdinands afgrond heen. 'Jij schept met je fantasie een beeld van het beeld, je laat haar bewegen zoals jij dat wenst. Jij wilt dat zij haar armen om jou heen slaat. Stel wat zou gebeuren als zij zou zeggen: "Kom Ferdinand, geef mij een hand" en ze zou jouw hand vasthouden. Ik weet zeker dat jij je zou losrukken uit de gouden greep, de tralies uit het cement zou rukken en vluchten.'

'Misschien,' geeft Ferdinand aarzelend toe. Hij is met zijn gedachten alweer elders en voelt aan dat zijn vrouw én gelijk heeft én er volkomen naast zit. Hij wil geen metalen Madonna, hij wil een vrouw van vlees en bloed, één die meebeweegt, met wie hij één kan zijn.

'Ik wil dat je de stralende eigenschappen van de Madonna ook in mij ziet en me niet behandelt als een beeld dat jou alleen maar in de klem heeft.'

Ferdinand beseft dat hij een toeschouwer zal blijven, zowel op zijn werk in zijn vakgroep als met het observeren van libellen en gevoelsmatig nu ook niet mee resoneert met zijn vrouw. Hij vraagt zich af aan wie het ligt, aan beiden? Heeft het met de leeftijd van de kinderen te maken die uit gaan vliegen? Met de duur van hun relatie?

Dan klinkt een pianoconcert van Mozart uit het huis van de architect, waarmee het gesprek behoed wordt voor verzanden in onweerlegbare verwijten. Ferdinand benadrukt dat het niet mogelijk is het duistere van de vrouw met haar gouden, glanzende buitenkant te verenigen met de lijfelijke verlangens van de man voor de vrouw en omgekeerd. De vrouw die een macho als partner wil die tegelijkertijd een kwetsbaar kind moet zijn, zal haar spiegelbeeld zijn. Het gaat hem vooral om de medemens daartussenin die ook in de vrouw moet schuilen. Die de grap van het verschil tussen man en vrouw met hem kan delen en er grappen over kan maken. De duistere en gouden eigenschappen wil hij liever apart in een afgelegen kerk vereren. Hij is nog nauwelijks aan dit betoog begonnen of de muziek heeft alle woorden overstemd. Alle tegenstrijdige gevoelens zijn meegevoerd door de muziek en lossen op in één symfonische harmonie.

Ze besluiten na een adagio van Mozart voor viool en orkest samen door te wandelen en voorbij de oude Romeinse brug te lopen. Ze gaan het zogenaamde huis van de Argentijn bekijken dat Dante voor een onbekende in de verkoop heeft staan. Nog verder zijn andere, kleinere valleien gelegen in lager liggende gebieden tussen de uitlopers van de bergen.

Tegen die hellingen moeten ook weer verlaten en ingestorte muren staan, waar niemand van de Hollanders nog is geweest. Het smokkelpad is overwoekerd en zonder een machete naast het pad lopen is niet mogelijk. De begroeiing is hier verschillend. De bosjes met gele brem en margrieten zijn hier niet meer te vinden.

Zodra het lopen echt onmogelijk wordt, besluiten Ferdinand en Lotte in de rivier verder te lopen. Zo gaan zij wadend langs kiezelstrandjes en springen ze van grote stenen op kleinere verder het onbekende gebied in. De bebossing is dichter. Boven de hoofden laat het gebladerte slechts indirect licht door. De ruimte is gevuld met het geluid van stromend water dat versnelt, klatert of voorzichtig en schichtig een passage tussen de stenen zoekt en hier en daar vrijwel tot stilstand komt. De geluiden zijn overal en absorberen even alle aandacht van de twee trotse ouders. Later voelen zij zichzelf opgenomen, nauwelijks meer uit lichamen te bestaan en één te zijn geworden met de natuur.

Deze ader van Moeder Aarde roept de allereerste herinnering wakker van de bloedsomloop, van de adem in de longblaasjes van hun moeders die hen hebben gedragen, van het geluid van de trekkingen van haar spieren, het gekerm van haar darmen, het geklop van al die kleine slagaders, met het hart als dirigent. Het donkere, ritmische geluid geeft door herhaling vertrouwen, maar op een dag ook het inzicht dat het sinistere ritme eens een laatste slag zal laten horen. Aldus gevangen door de oever van rust en geborgenheid en de andere oever van haast u, haast u, het echte leven moet nu, nu... beginnen.

Het geurt moerasachtig naar vergane planten. Ferdinand springt van een hoger gelegen steen, glijdt op een losse steen door en valt op zijn achterhoofd tegen een rotspunt. Hij ligt met een verbaasd gelaat, als van een verse dode waarvan de spieren nog niet verstijfd zijn en de strijd om de definitieve vorm van het dodenmasker nog niet is beslecht. Het twinkelende water rondom Ferdinand klotst met een korte golfslag, als houdt het vechtlustig de vluchtige ziel vast.

Lotte stapt geschrokken van de ene op de andere steen en heft haar beide armen machteloos de lucht in. Ze slaakt kreten alsof ze geschreeuw van opgeschrikte vogels nabootst. Het onrustbarende geluid komt niet verder dan het dak van gebladerte en hoe intens de beleving ter plekke ook is, op afstand van een tiental meter naast de rivier hoor je alleen nog geklater.

Lotte wil het lijf van Ferdinand wegtrekken. Het lukt haar niet. Het gewicht is verzwaard door het water dat in zijn kleren is getrokken. De stenen waar hij tussen ligt maken het wegtrekken echt onmogelijk. Ze gooit water op zijn gezicht, wat de bedoelde uitwerking mist.

Hij komt na enkele minuten uit zichzelf bij en spreekt over een kalm spiegelend meer waarop hij met een verpleegster in een bootje heeft gevaren. Het zijn dezelfde beelden die hij eerder als kind heeft gezien toen hij bijkwam van een roesje dat hij kreeg om de pijn van het knippen van zijn amandelen te verdoven. Een aangekondigd trauma dat dankzij het roesje geen trauma werd. Net als vroeger, wil hij nu juist die vredige beelden vasthouden en verzet hij zich tegen de realiteit die hem nu als een slechte droom voorkomt. Lotte heeft Ferdinands droombeelden eerder gehoord. Hij rilt van de kou door de herinneringen aan de dood van zijn zusje die weer opspelen.

Zij besluiten via een dichtgegroeid pad terug te lopen naar het kerkje, om op de bank bij te komen en zich te bevrijden uit de kluwen herinneringen en emoties. Het harnas van Ferdinand is gebroken. Onderweg krijgen ze schrammen door de doornen van struiken. Zij worden aangevallen door honderden muggen, die bloed, zweet en dood geroken hebben.

Nog geschrokken gaan ze op de halfcirkelvormige bank voor de kerk zitten. Ferdinand kijkt de vallei in en ziet geen bedrijvigheid rond de ruïne. Alsof de betovering is verdwenen en Ferdinand vastgeklonken zit aan de beelden van zijn oude dromen die hem niet willen loslaten.

Hij loopt opnieuw naar de tralies en aanschouwt de gouden Madonna. Het dispuut met Lotte over vrouwen dringt zich aan hem op. Hij voelt zich verlaten. De kerk is opeengestapeld steen geworden, het beeld glanst niet, het weerkaatst een onverschillige stilte.

Hij beseft dat de natuur hem vanochtend verteld heeft wat hij niet wil weten. Hij heeft ooit een slippertje gemaakt met een beeldige vrouw en ziet zich, zowel nu als toen, als een stommeling die op zijn achterhoofd is gevallen. Ferdinand voelt een sensatie die lijkt op zich schuldig voelen, een soort schuld die Madonna hem niet kan vergeven.

Een dag uit vele

Adrian heeft als een volleerd jongleur de ene na de andere bal opgeworpen en weer behendig opgevangen. Elke dag kiest hij een van de studenten uit als zijn favoriet en probeert zo de opgelopen spanning in de groep Amerikanen beheersbaar te houden. De andere drie, die aan het werk blijven, verrichten die dag quasi opgewekt hun bittere arbeid.

's Ochtends bij het ontbijt dubt Adrian meestal nog en weet hij nog niet wie hij mee zal nemen op zijn zwerftochten langs de groothandelaren in campi potti, in dubbele ramen, stalen kozijnen of welke bouwmaterialen dan ook. Hij gaat zelfs langs bedrijven over de grens met Frankrijk, binnen een straal van vijftig kilometer gerekend vanuit Ventimiglia.

Het is maandagochtend rond half zeven. Adrian vloekt tegen de spiegel waarin hij zijn vooruitgestoken kin scheert. Hij ziet bloed opwellen in het witte scheerschuim en trekt een gezicht alsof hij door een adder is gebeten.

De jongedames liggen nog onder de klamboe te dromen.

Catherina is in halve slaaptoestand uit haar tent in het ochtendlicht getreden. Ze wrijft met overgave haar vragende ogen uit die niet direct zien wat ze gewend zijn te zien en stampt met haar voeten om zich te gronden en zichzelf zo bij elkaar te rapen. Even later kruipt ze weer in haar tent.

Ferdinand is nat geworden van het laagje dauw op het stugge gras, het glinstert in het prille ochtendlicht. Hij plast tegen de half verkoolde stam van een olijfboom, een bezigheid die, evenals zijn onderzoek, als een anachronisme overkomt. De boom is al verbrand en wie weet zijn er al bibliotheken vol geschreven over de taal van libellen.

De krekels zijn nog niet op gang gekomen. Iedereen zwijgt aan het ontbijt. Deels uit dankbaarheid voor het gratis diner dat Adrian en Ferdinand hun gisteren voor deze avond hebben aangeboden en voor een deel als reactie op de ongewone spanning die in de groep heerst. Samen eten ziet Ferdinand als elkaar vlooien als bij andere primaten, als een uiting van hoop op het oplossen van conflicten in de groep waar hij tegen zijn wil een onderdeel van is geworden, al weet hij niet precies hoe.

Chris is er ook een onderdeel van. Hij kan het nog steeds niet laten hardop te filosoferen. Tijdens een eerdere maaltijd verkondigde hij dat alle Europese talen ten gunste van het Amerikaans zullen moeten verdwijnen. Ze worden eerst gekoloniseerd door het Amerikaans en in een paar decennia opgeslorpt. Het proces is al begonnen bij de universiteiten, waar eigen studenten in steenkoolengels onderwijs krijgen.

Adrian reageerde met ingehouden woede, hij gromde zowaar en dreigde het toeristenmenu voor Chris niet te zullen betalen. Ferdinand nam het luchtig op, hij wilde wel voor de twee studenten betalen en had ook voorspeld dat zo'n overgang naar het Amerikaans zeker nog twee eeuwen zal duren. Dan is de inmiddels gerenoveerde ruïne alweer tot een nieuwe ruïne vervallen en wie weet, zo had hij betoogd, spreken wij dan in metaforen en bepaalt het gebaar de gewenste betekenis van woorden.

Adrian moet er niet aan denken dat hij, zoals Ferdinand, voor de flauwekul het gedrag van libellen zit te bestuderen. De libellentaal kan hem gestolen worden. Van de Nederlandse en Italiaanse taal moeten de imperialisten afblijven.

Adrian mag dan een ruïne herbouwen, Ferdinand is bezig de voorloper van een nieuwe mondiale metaforentaal te ontdekken. Het zal een taal zijn in combinatie met gebaren, zoals de stand van de voet, een gekromde vinger en andere tekens, waardoor het aantal woorden fors gekrompen kan worden, een lot dat het steenkoolengels al heeft getroffen. Volgens Ferdinand komt juist zo'n atrofische taal als het Amerikaans in de praktijk nu eenmaal geworden is, daarvoor als eerste in aanmerking. Boven het Chinees, dat juist een overmaat aan tekens kent en boven het schreeuwerige Spaans.

Adrian voelde zich in de rug aangevallen en keek wanhopig naar Catherina, die bezig was Lotte schilderijen van de Hermitage te tonen waarop muziekinstrumenten staan afgebeeld. Ze legde het kunstboek neer en kalmeerde Adrian door hem alleen maar aan te kijken.

Deze ochtend verkiest Adrian niemand om met hem mee te gaan. Hij geeft Andy de opdracht het gat te vergroten en een overloop van ongeveer twee meter diep te maken. Om vanuit dat punt een gleuf te graven naar een lager gedeelte van het terras. Dave wordt opgedragen de ingestorte opening van een van de laagste kamers vrij te maken, Chad mag alvast afvoerkanaaltjes voor de plastic buizen van de nieuwe keuken graven en Chris moet het gedeelte van het oude aquaduct, voordat het een slinger door het huis maakt, vrijmaken van zand en onkruid. Adrian heeft de vier studenten van een Amerikaanse universiteit uiteengedreven. Voor Chris betekent deze nieuwe orde of wanorde zoveel als een ramp, omdat hij nu met niemand een boom over taal of een filosofisch onderwerp kan opzetten.

Enkele uren later begint voor de jongedames het gewone sociale leven met traag wakker worden en veel geeuwen. Zij gaan met droomachtige bewegingen op de brede trap bij de vooringang zitten en laten zich behagen door de sterker wordende zon, die zich van de bergkam opduwt en met een sprongetje aan een nieuwe omloop begint.

Elisabeth heeft weer een droom gehad. Een dolfijn zwom de rivier in en kon niet verder komen, het dier zat vast in het ondiepe water. Ze liep in de droom langs de rivier naar beneden en kwam bij een plek met stilstaand zwart water waar een heks stond.

Ferdinand wil de droom niet uitleggen aan de hand van haar associaties, daarmee zou hij immers al te serieus ingaan op haar intieme fantasieën, dat zou niet gepast zijn. Niets zeggen kan evenmin. Ferdinand ziet de dolfijn als een fallussymbool, 'dol-fijn' moet met haar ontwakend libido te maken hebben. De boze blik van de heks is dan ook meteen helder. Ferdinand raadt aan via boeken inzicht te krijgen in psychische fenomenen als dromen, vergissingen en herhalingen. Nu hij zijn boek niet kan vinden moet hij hoon van de jongedames incasseren.

Hij blijft de hele ochtend bij de rivier maar weer libellen observeren en aantekeningen maken.

Catherina en Lotte doen inkopen voor de lunch. Antonio, een bevriend soort makelaar, heeft aangekondigd met zijn vrouw te komen eten. Hij belooft nu echt te komen, nadat hij al enkele keren vlak van tevoren heeft afgezegd.

De meisjes lopen stroomopwaarts door de rivier naar Olivetta.

Op het heetst van de dag is er niemand bij de ruïne. Een half uur later verschijnen de studenten alvast voor de lunch. Ferdinand loopt naar boven, Catherina komt met eten aanzetten. Adrian is er niet. Catherina weet vrijwel zeker dat hij bij een dumpzaak in Nice een lier met honderden meters staaldraad zoekt, althans wil bekijken, en dat hij dus wat later goed geïnformeerd terug zal komen.

Er wordt over de 'téléphérique' gesproken, die Adrian wil gebruiken voor het transport van zand en cement over de rivier. Hij spreekt al dagen over die 'téléphérique' alsof het een vijfde knecht betreft. Hij zou dit wel en dat niet kunnen, de draad zou onder zijn eigen gewicht kunnen knappen, de steunpalen kunnen wel of niet de grond ingeslagen worden, maar als hij werkt kan hij veel transpiratie bij zijn slaafjes voorkomen. Adrian weet dat hij z'n plan aan Dante zal moeten voorleggen en hem vragen zal moeten stellen. Zelfs Adrian kan niet ongestraft Dante passeren, hoeveel huisgemaakte wijn hij de laatste tijd ook van hem gekocht heeft.

Ferdinand was niet gekend in de plannen van de 'téléphérique' en voelt zich gepikeerd, hij wordt toch al niet openlijk gewaardeerd voor zijn bijzonder onderzoek. Hij steekt de rivier over, loopt het bloedhete dal door en gaat op het verstilde dorpspleintje geometrische figuren van rivierstenen natekenen, die hij op het strand bij Ventimiglia heeft gevonden.

Hij wordt al snel gestoord door nieuwsgierige wandelaars die meteen menen een kunstenaar aan het werk te zien. Ze gaan naast hem staan en verheven vragen stellen. Hen in de waan laten een kunstenaar aan het werk te zien is niet zijn stijl. Inwendig razend vertrekt Ferdinand met zijn spullen naar een terras van een leegstaand huis dat tegen Rosario's voormalige, al jaren gesloten restaurant is gebouwd. Hij is uit zijn concentratie gehaald en begint in een boek te lezen om later weer lijnen te schilderen die hij op rivierstenen ontdekt.

Hij zou willen dat de stenen kunnen spreken. Welke verhalen zij hebben, hoe ze aan de inkervingen komen, uit welk gebergte ze zijn gespuugd. Hoe dan ook, hij wil de oeroude stenen, die er miljoenen jaren over gedaan hebben om van de bergen naar de rivier te komen, op de een of andere manier tot leven brengen. Hij wil, zonder zich daar bewust van te zijn, een fossiel in hemzelf, dat op de bodem van zijn ziel ligt, tot leven brengen.

Cora, de zwijgzame weduwe die in het aangrenzende huis woont, doet de deur open en schrikt zodra zij Ferdinand ziet. 'Jij mag daar niet zitten.'

Ferdinand kijkt verbaasd op. 'Ik stoor hier toch niemand?'

'Het is niet goed dat je op andermans gebied zit, dat kan in Italië niet.'

Ferdinand is zich werkelijk niet van zijn misstap bewust. De natuur is voor iedereen. Hij neemt aan dat Cora de waarheid spreekt wanneer ze zegt dat zo'n kleine grensoverschrijding gelijk staat aan het overtreden van een taboe en gestraft zou kunnen worden met het vernielen van je tent of het lek steken van autobanden. Ferdinand heeft geen zin in toestanden rondom het zenit en zegt: 'Oké, ik ga wel.'

Hij wil geen aanstichter zijn van een nieuwe vete. Vetes in deze streken duren generaties lang en verspreiden zich tot in andere gebieden van de wereld, tot in New York. Stel dat Ferdinand in de geschiedenisboeken komt als aanstichter van zo'n vete in plaats van de ontdekker van de libellentaal, hij moet er niet aan denken.

'Ook al draagt een boom zoveel olijven dat de takken knappen en de eigenaar is voor jaren in Amerika, dan nog mag je er niet één olijf afplukken,' voegt Cora er gratis aan toe.

'Dan heb ik liever de Hollandse gewoonte, daar mag je de appels plukken die over de schutting hangen.'

'Hier gelden andere wetten.'

Cora sluit het gesprek af terwijl Ferdinand, nu tweemaal van zijn plek verstoten, wel wil praten en vooral meer te weten wil komen over Cora. Sinds ze weduwe is, blijft zij immers opvallend afwezig van elke spontane bijeenkomst van de dalbewoners waarbij wijn wordt gedronken en gekletst wordt. Andere dalbewoners kom je in naburige dorpen tegen op terrassen en in restaurants. Hij vist naar een uitnodiging om binnen te mogen komen door een opmerking te maken over de prachtige muziek die hij uit haar huis hoort klinken.

Cora blijft zwijgen en kijkt voor zich uit en haar gezicht blijft gesloten als de luiken voor haar ramen. In de natuur is blijven stilstaan dodelijk en komt alleen als camouflage voor, om niet opgemerkt te worden, als misleiding.

Die avond verschijnt Antonio met zijn vrouw pas tegen negen uur, een vol uur na de gemaakte afspraak. Hij zet de conversatie in met Catherina, die goed weet mee te praten.

Adrian komt nog veel later aan, hij laat zich met geen woord uit over zijn late komst. Zijn gedrag staat in schril contrast met zijn doorgaans devote houding tegenover Antonio. Door zo laat te komen doet hij in feite een diplomatieke meesterzet, want nu moet Antonio zijn aandacht op Adrian richten en zijn monoloog over het Italiaanse schoolsysteem – zijn dochter volgt in Ventimiglia middelbaar onderwijs – onderbreken en wachten op het moment dat hij met zo'n saai onderwerp weer in de discussie kan komen.

Antonio is de leiding van het gesprek kwijtgeraakt. Adrian kan, nu de aandacht op hem is gevestigd, ingewikkelde vragen stellen, zoals hij dat deed bij andere deskundigen, als Dante. Om via omkeringen van bijzinnen aan de weet te komen wat hij het best kan doen, alleen cement of cement plus teer op de daken, met een lier of met een ezel het bouwmateriaal vervoeren. Adrian mag geen rechtstreekse vragen stellen. Hij behandelt Antonio, die biologisch gezien een gewone Nederlander is, met een pose alsof hij inderdaad een hoge ambtenaar, zelfs de hoogste gezagsdrager onder de paus is, een die toegang heeft tot de geheime kennis.

Ferdinand ergert zich aan dit pompeuze gedoe, maar hij begrijpt dat deze hoofsheid als in een Japans toneelstuk een stijlvorm is, waarmee je zonder concrete woorden signalen over kan brengen. Ferdinand kent deze geheimtaal niet.

Nadat Adrian zich vol lof uit over het slingerpad van de brug naar de parkeerplaats, zonder de recente asfaltering te noemen, antwoordt Antonio dat er geruchten zijn over de aanleg van een nieuwe autostrada die van Torino met een curve naar Nice zal gaan en precies boven het dal komt te liggen. In het dal zullen tientallen pilaren komen te staan. Op zestig meter hoogte zal in de toekomst op die snelweg dag en nacht het verkeer voortrazen.

'De idyllische rivier beneden lokt boven een donkere schaduwzijde uit,' filosofeert Ferdinand hardop, doelend op de onderkant van de autostrada en om mee te praten. Hij gaat te letterlijk op het gesprek in, ook al klinkt het abstract en wijs, bijna poëtisch.

Want Antonio, die nu het gesprek weer stevig leidt, laat weten dat de besprekingen feitelijk al in een ver stadium zijn gekomen. Hij laat terloops merken veel te weten met de uitdrukking 'Wist je dat niet? Uiteindelijk is de beslissing afhankelijk van de grondprijs en deze prijs is weer afhankelijk van de eigenaar,' aldus Antonio.

Dit is een duidelijke verwijzing naar Rosario, die uit het corrupte zuiden komt en onlangs wijzend op de bergen rondom uitriep 'nostra, nostra, nostra'. Al die gebieden maken deel uit van zijn familiebezit. Betekent dit nu dat Adrian de raad moet opvolgen van Dante, de erfvijand van Rosario, ofwel dat het project afhankelijk is van de prijs die je betaalt, ofwel dat Antonio geld wil zien voor zijn adviezen.

Adrian kan net voorkomen dat Antonio weer teruggrijpt op zijn sloom betoog over het schoolsysteem, waar geen actuele verwijzing in lijkt te zitten naar een oplossing waar Adrian indirect naar vraagt. Een terugkeer naar het schoolsysteem zou betekenen dat Adrian iets niet goed heeft begrepen, en de hier geldende normen van beleefdheid houden, zeker bij Antonio, altijd een kleverigheid ten aanzien van het besproken onderwerp in.

Ferdinand mompelt tegen Lotte: 'Wat doen die jongens toch verdomd rooms.' Lotte, die plotseling in het gesprek wordt betrokken, verliest door een onhandige beweging nog een keer een lens. Behalve Antonio en Adrian ligt iedereen met een iPhone op de knieën te zoeken. Ferdinand gaat staan en kijkt in de hoek van Lottes oog. Hij schuift de lens met een tissue triomfantelijk weer terug.

Catherina ontspant. Zij vraagt quasi spontaan aan Antonio's vrouw of zij peper wil, waardoor het gesprek noodzakelijkerwijs in de richting van de verheerlijking van Catherina's kookkunst verder gaat.

Adrian is ongerust geworden. Hij vraagt zich af of het herstellen van de ruïne überhaupt wel zin heeft en overweegt de gedane bestellingen weer af te melden. Hoe beschamend zou het zijn om als enige professor van de familie nu juist een ruïne te renoveren in de schaduw van een autostrada. Hij voelt zich door de onverstoorbaar beleefde Antonio verbaal verslagen.

Het is een zoete wraak voor het te laat komen van Adrian, waardoor Antonio zich bijna een uur lang met inferieure gespreksonderwerpen heeft moeten bezighouden. Zijn wraak is alleen zoet voor zichzelf, behalve Ferdinand is het niemand opgevallen.

De ervaring

Boven op de verdoving door een tollende zon is Alice in een roes gekomen en gebleven door de ontmoeting met de zichzelf kastijdende jongen, die op een uitstekende rotspunt zijn imponerende stijloefeningen uitvoerde.

Op weg naar de parkeerplaats, waar zij flessen bronwater is gaan halen, is zij bij het eerste van een rijtje huizen verderop aangekomen. Het pand heeft aan Rosario toebehoord en is misschien nog steeds van hem. Alice is er even bij gaan zitten. Rosario heeft het huis waar hij ooit een restaurant is begonnen, op een goedkope manier opgekalefaterd.

Het cement tussen de rivierstenen waaruit de buitenmuren zijn opgetrokken is met kalk overtrokken waardoor het huis als een te opgemaakte vrouw opvalt. Met een star uiterlijk, zoals een klein kind haar moeder kan tekenen. De deuren zijn verveloos en onder invloed van weersomstandigheden gebleekt. De meeste ramen zijn gebroken, de ruimten zijn leeg. De dalzijde van het huis steunt lager op een schuine rots. Het hoger gelegen deel is met een gemetselde boog verbonden met een nog hoger gelegen wandelpad dat langs de verwilderde tuin loopt. Daar hebben de gasten vroeger hun pizza's gegeten. In de buitenoven liggen nog resten verkoold hout en oud vuil.

Alice klimt naar het viaductje en geniet meer dan ooit van het uitzicht over het dal. In de diepte aan de overkant van de rivier ziet ze het dak van Adrians ruïne. In de verte komen Carla en Elisabeth aanlopen. Zij betrapt zich op een onweerstaanbaar gevoel van triomf over de natuur en haar dierbaren. Zij staat hoog op de rand van het viaductje en kan haar vriendinnen van bovenaf volgen. Alice heeft de sensatie dat zij daar zelf met haar vriendinnen loopt en zich zonder moeite in hun gesprek kan voegen. Tegelijkertijd beschouwt zij hen op werkelijke afstand.

Die afstand tussen haar en haar vriendinnen geeft in haar diepere zelf een onzegbare ruimte en maakt haar duizelig. Het besef in de afgelegen beschutte tuin ineens dat haar eigen wereld eerder klein is, niet meer dan een minuscuul onderdeel van een veel groter geheel dat zij geen naam kan geven.

Alice gaat in het kniehoge onkruid zitten en dommelt weg, overmand door slaap. Bij het wakker worden is zij bevangen door een diep, onbegrensd gevoel alleen op de wereld te zijn. De vlinders, die eerder nog frivool in het zonlicht dansten, lijken nu macabere rituelen uit te voeren. Zij verspreiden een atmosfeer van dreiging en vliegen met een persoonlijk doodsbericht schijnbaar wanordelijk boven haar hoofd.

Ze staat op en baant zich een weg door het onkruid waardoorheen gemene takken van bramenstruiken tot in het huis zijn doorgewoekerd. Zij ziet in de keuken een steenoven waar pizza's in werden gebakken. Ze loopt angstig maar nieuwsgierig rond, duwt de klemmende deur van een bouwvallig bijkeukentje open. Daar staan in jaren niet aangeraakte, aangekoekte borden en pannen, met elkaar verbonden door spinnenwebben, gehuld in stof, schijnbaar wachtend in een vaal doods licht.

Zij deinst terug, stapt over de drempel en probeert de deur van buiten weer te sluiten. De deur is door de jaren heen kromgetrokken en past niet meer, zij krijgt de deur niet meer dicht. Zij besluit de deur dan van binnenuit dicht te doen, het piept en kraakt onheilspellend. Met haar rug naar de verlaten wanorde staan vindt ze onaangenaam. Voor Alice lijken deze momenten eeuwigheden. Zij stapt door de op de grond liggende gebroken stoelen naar een andere buitendeur die niet vergrendeld blijkt te zijn.

Zij heeft in zijaanzicht de spiegel aan de binnenkant van de deur eerder niet opgemerkt en Alice wordt onverwacht door de spiegel in het lugubere huis met een beeld van zichzelf geconfronteerd. Ze schrikt van haar eigen beweging. Elke beweging betekent een vervorming van het beeld van zichzelf tegen de achtergrond van de stoffige vergankelijkheid. Ze rukt heftig aan de klemmende deur en ziet zich gevangen in haar weerkaatsing en wil schreeuwen. Haar stem brengt slechts een ijl geluid voort dat niet ver draagt en niet gehoord kan worden. Zij zet haar been tegen de deurpost en rukt uit alle macht aan de deurknop. De planken laten los, de spiegel breekt en ze ziet zichzelf in een seconde in evenvele beelden als de stukken spiegel die rinkelend op de grond vallen. De spiegel bleek het middenstuk van de deur vervangen te hebben.

Alice bukt door het gat en stapt opgelucht de echte wereld binnen met de oorspronkelijke orde van tijd en ruimte. Ze zuigt haar longen vol zuivere lucht en haast zich door het opgeschoten, stugge gras op weg naar haar vriendinnen. Ze daalt het trappetje bij het viaductje af om via een evenwijdig gelegen pad bij het dorpspleintje uit te komen. Nu waardeert Alice Piazza Cavour als een reddingsboei in een oneindige zee, waar zij haar leven een wending kan geven die past op haar levenslijn. Alice is even uit de tijd geweest. Ze neemt zich voor haar levensloop voortaan zelf te sturen en tegenslagen die zullen komen ook zelf te overkomen.

Carla en Elisabeth zijn nu vlakbij, zij sjouwen een tas vol flessen bronwater, ze keuvelen alsof het altijd zondag is. Alice gooit zich hijgend op Elisabeth. Ze vertelt in een vloed van woorden haar belevenis en merkt tegelijk dat zij haar ervaring niet in woorden kan overbrengen. Zij ervaart dat zij van nu af aan voor altijd gescheiden zal blijven van haar vriendinnen, ze zullen nooit meer één en de zelfden zijn, nooit meer zoals het was.

Alice is een speelbal van de tijd geweest, die haar voor- en achterwaarts heeft geduwd en in de rondte heeft geslingerd. Zij hoopt dat alle delen van haar verbrokkelde zelfbeeld weer bij elkaar zullen komen door de liefde van een jongen. Eén die nooit bang is, die gevaar kan trotseren en kracht uitstraalt. Die onwrikbaar is, nooit ziek kan worden, niet kan sterven. Hij moet krachtiger dan de dood zijn, jong en weerbarstig zijn. Hij moet in haar armen met haar kunnen versmelten en kwetsbaar kunnen zijn, hij moet al zijn kracht aan haar kunnen geven. Haar elektrisch geladen wens is haar in een flits helder, zoals het weerlicht het dal kan verlichten. Zij kan het haar vriendin en zus onmogelijk uitleggen en loopt met een zware tred zwijgzaam en doelgericht met hen naar de ruïne in opbouw.

Het diner

Ferdinand, een verwoed mooi-weer-fietser, ontdekt op een van zijn tochten Saorge, een gehucht dat hoog als een zwaluwnest tegen een steile bergwand lijkt vastgeplakt. Na de laatste bocht rijdt hij door een onverlichte tunnel naar een verlaten pleintje. Hij lest zijn dorst met water uit een fonteintje. In de diepte slingert een grijze autoweg. Auto's rijden gedisciplineerd als mieren in een rij gestaag vooruit. Alleen God weet waar al die reizen zullen eindigen.

Het blijkt een nog niet geheel uitgestorven dorp te zijn met aan het pleintje een paar winkeltjes, die 's middags vanwege de hitte gesloten zijn. Het terras aan het pleintje is leeg. In het middeleeuwse straatje bereikt het zonlicht de straatstenen niet. Het maakt het beeld van hitte en leegte compleet. De stilte rond het middaguur wordt verstoord door het geklik van Ferdinands rennersschoentjes.

Hij gaat een restaurant binnen. Ferdinand treft er niemand aan. Hij heeft bij het raam een magnifiek uitzicht en neemt zich voor Adrian en de zijnen deze plek aan te bevelen voor het beloofde diner.

Adrian is 'en route' en nog geprikkeld, hij heeft een zalving nodig. De irritatie is mogelijk ontstaan door het gesprek met Antonio op de vorige avond en door allerlei beslommeringen over vervoer van zand, cement en dakbedekking. Mogelijk is hij ook boos op Ferdinand, omdat die hoegenaamd niet meewerkt en zich ofwel terugtrekt bij de libellen, of een verkennende fietstocht maakt waarvan hij hongerig en dorstig terugkomt, zich vervolgens tegoed doet aan sinaasappels en brood, om daarna in de hangmat te verdwijnen.

Ferdinand heeft zich in een woordenwisseling gemengd en zich vergaloppeert, door te zeggen dat de 'téléphérique', die hij gewoon een 'kabelbaan' blijft noemen, bij een terugslag een moordwapen kan worden waarmee de studenten gemakkelijk verpletterd kunnen worden. Stel je eens voor, een student staat bij de eerste paal van de 'téléphérique' en een zak cement knalt terug voordat de ongelukkige weg kan springen!

Adrians ogen waren even opgeflikkerd bij het idee dat hij de Amerikanen op deze manier schrik kan aanjagen, waardoor hun spieren weer zullen zwemmen in de adrenaline van hun eigen bijnierschors en boven hun gewone krachten uit zullen stijgen.

In tweede instantie betrok Adrians gezicht. Hij begreep dat Ferdinand de hele 'téléphérique' geen goed idee vindt door stug het woord 'kabelbaan' te blijven gebruiken. De vermeende kritiek pikt Adrian niet van een niet-natuurkundige die geen berekeningen kan maken met factoren als snelheid in het kwadraat en massa. Hij ziet Ferdinand meer als een archivaris, die oude bronnen opzoekt en boeken op de planken verplaatst, een alfafiguur, die niet kan rekenen en op zomervakanties boeken verslindt. Nu leest hij studies van Freud, wie weet volgend jaar Nietzsche, een hapsnap-intellectueel dus.

De aangeschoten Ferdinand hief gisteravond onder het eten zijn vinger op en zei: 'Adrian, je moet wachten met de verbouwing totdat de autostrada boven de vallei klaar is, dan kun je het bouwmateriaal gewoon van de weg af laten zakken.' Hij had geschaterd om zijn eigen opmerking. Bij elke nieuwe aanloop tot een zin zat hem een lachbui dwars en schudde zijn lijf van golvende pret.

Antonio had 's avonds in het schijnsel van de Chinese brander benepen gekeken en zijn mond tot een tuitje samengetrokken alsof er een touwtje omheen zat. Zijn blik maakte hij los van degene tot wie hij zijn woord op dat moment richtte, alsof hij zo dreigende lachbuien kon bezweren welke als een ontheiliging werkten op zijn zo sacraal gegeven adviezen die door het lachen alle betekenis kunnen verliezen.

Adrian was geschrokken. De zo voorzichtig opgebouwde relatie met de onmisbare Antonio is immers zó weer verbroken. Door het uitspreken van de mogelijkheid van een autostrada boven de ruïne, haalde Ferdinand Adrians droom uit de sfeer van magie.

Zolang je niet over 'Het', de autostrada, sprak, zal het er ook niet van komen. Want zo werd de autostrada aangeduid, als een 'Het'. Net zomin als je zonder reden 'God' of 'Satan' zei, net zomin zeg je zonder reden 'autostrada', de brenger van heil voor de één en de brenger van een catastrofe voor de ander...

Adrian schoof die avond gekromd en getergd aan tafel en opende nog vóór de paté de aanval. 'Je vindt Mozart toch fantastisch? Je zei zo getroffen te zijn door het pianoconcert dat uit Hermons huis klonk. Je zal Mozart wel de grootste componist vinden.'

Ferdinand voelt voetangels en klemmen. Hij is meteen beducht op valkuilen en blijft op zijn hoede. Waren hier maar schapenkoppen te eten of koeienstaarten dan heb je kans dat Adrians stemming tot bedaren komt, denkt Ferdinand. Wat kan Ferdinand met Adrians opmerking. Zegt hij nee, dan volgt de vraag 'wie dan wel?', dus hij laat het maar in het midden. 'Ik hou van Mozart en van Mahler.'

Ferdinand zegt het op een toon van een kind dat moet kiezen tussen zijn moeder en zijn vader. Hij kan zich wel voor z'n kop slaan. Deze componisten zijn toch niet te vergelijken? 'Mozarts muziek is als een sprankelende rivier: prachtig, klaterend en met een natuurlijke snelheid. Ik word opgetild door de levenslust die het geeft, het doet mijn hart sneller kloppen. Het geeft het vluchtige weer. Het vrolijke dansen dat tussen mensen plaats kan vinden zit in Mozarts muziek. Terwijl Mahler de diepte ophaalt en juist de tragiek naar voren brengt, de verloren gegane volksmuziek nog even door laat klinken en na die imposante orkestratie en geweldige koren, de ijle jongensstemmetjes die oplossen in stilte. Door zijn muziek blijft bij mij altijd het gevoel hangen, 'het leven is doorleefd'.' Zo, dat is mooi gezegd, kan zo op de cover van de cd.

Met scherpe blik kijkt hij Adrian aan en dan naar Catherina, die instemmend zwijgt. De jongedames vinden het gesprek niet om aan te horen en hebben het weer over goede en slechte jongens en waaraan je dat kan merken. Voor hen zijn jongens een onuitputtelijke bron van gespreksonderwerpen. Lotte houdt zich buiten het spervuur, zij let meer op de consumptie van wijn en wil voorkomen dat Ferdinand weer aangeschoten zal raken en bijvoorbeeld gaat zeggen: 'Als er eenmaal een autostrada is, hoef ik niet meer van die rotbochtjes te rijden in deze klotevallei.'

'Had je ooit gedacht dat de zanger de rol van Mozes zou vertolken?' Ferdinand probeert via de opera op operette over te gaan en zo weer het normale leven in te glijden.

'De zanger (zonder naam, want BN'er) heeft het gemakkelijk, hij heeft een betonmolen voor de deur. Heeft geen vervoersproblemen en een hulp die voor elke dag voldoende cement draait. Ik zou onder zulke omstandigheden elk lied willen zingen,' zegt Adrian.

'Noem je dat zingen, ik noem het declameren.'

'Door het vlak uit te spreken terwijl je melodie verwacht, wordt het gesproken deel melodieus. De melodie van weggelaten tonen.'

'Als we het maar niet hebben over de opera zelf, of het voltooid is of niet.' Ferdinand spoelt een stuk brood met aangelengde wijn weg.

Het gesprek komt op de woestenij waar John woont. Is hij ook een soort Mozes of een Odysseus? Is zijn zuster wel een bloedeigen zuster, of een 'Calypso' die hem gevangen houdt? Gelukkig worden de onderwerpen gaandeweg lichter, het konijn kan elk moment worden opgediend. Het gesprek vlot niet erg, het blijft te hoogdravend, het gaat in werkelijkheid ook ergens anders over. Het uitzicht blijft prachtig, de wijn is te drinken, het konijn wordt opgediend en de beschaafde carnivoren slingeren het weggezakte gesprek weer aan.

'Wat ik beroerd aan een kabelbaan vind, is het gevaar. Stel dat er iets hapert en vijftig kilo zand vliegt terug, achteruit in plaats van vooruit, stel je voor wat er gebeurt wanneer zo'n wazige jongen niet oplet. Die wordt verpletterd.' Ferdinand benoemt het gevaar nog eens.

'Als de jongens goed opletten, gebeuren er geen ongelukken.'

'Kan zijn. Alleen al die heisa met de Italiaanse politie met hun regeltjes. De afwikkeling van een ernstig ongeval kan hier maanden duren. Bij deze heb ik je gewaarschuwd. Bovendien, wie uit deze regio zou je nog willen helpen?'

'Verdomme, heeft iemand een tandenstoker bij zich, ik heb troep van het konijn tussen mijn tanden zitten.'

'En al die palen die je moet verankeren, ik schat de afstand tussen de twee palen op wel tweehonderd meter, weet je hoe zwaar zo'n kabel alleen al weegt?'

Adrian heeft het allemaal berekend, een 'téléphérique' plaatsen is mogelijk maar inderdaad bewerkelijk. Daarna wordt uitgebreid de mogelijkheid van vervoer per helikopter doorgenomen. Nadat Adrian alle mogelijkheden via zijn klankbord heeft geanalyseerd, besluit hij voor een nieuwe optie te kiezen, die van de korte 'téléphérique' waarmee het bouwmateriaal alleen de paar meter over de rivier wordt gebracht en ingekort wordt tot maximaal tien meter. Het hoogteverschil tussen de rivier en de hoger gelegen ruïne is dan nog niet verholpen, daar zijn de jongens voor. Adrian plukt aan zijn tanden en kijkt triomfantelijk rond, het wordt weer tijd voor cultuur.

Het gesprek gaat over hoe toevallig het is dat Dante ook echt Dante heet, verder over zijn zelfgemaakte wijn (goedkoop maar te drinken, de 'neus' verdampt vrij snel), wel een hele eer om zijn wijn persoonlijk van hem te krijgen. De dreigende 'skeletten' van de door vuur aangetaste olijfbomen komen voorbij. Via spookbeelden en projecties van menselijke angsten, gaat het via Don Quichot naar een visie over progressieve en regressieve bewegingen, over vooruitgang en achteruitgang in de cultuur. Was de Verlichting echt een stap voorwaarts, vraagt Adrian zich af. Is democratie onder alle omstandigheden de meest ideale bestuursvorm?

'Weet je hoelang geleden de bloedsomloop ontdekt is?' Catherina valt Ferdinand bij, zij weet toevallig iets van de medische geschiedenis. Lotte is niet meer bang voor een ontsporing van het gesprek. Nu het probleem van vervoer van bouwmaterialen opgelost lijkt, voegt ze zich in het dispuut aan tafel en relativeert de betekenis van de Verlichting. Er komt nog een salade Niçoise door.

'Dat Freud een goed schrijver is, geloof ik wel, maar heeft hij iets ontdekt dat wetenschappelijk onomstotelijk vaststaat?' Het gaat verder over de proefopstelling, n=1, het praten met de medemens onder steeds dezelfde condities, allemaal interessant maar niet uit te voeren.

Adrian roept op een gegeven moment uit: 'Ik ben acultureel en aliterair, daar heb ik totaal geen sjoege voor.'

Catherina geneert zich over de uitspraak van haar vriend. Zij schuift een botje naar de rand van het bord, neemt nog een heup die zij handig ontwricht en zegt: 'Je bent geabonneerd op de New Yorker en leest recensies. Je bent niet ongeletterd. Je wil als natuurkundige nu eenmaal dat alle beweringen herhaald kunnen worden en dezelfde uitkomst krijgen en op die manier bewezen worden.'

'Ja, klopt, ik vind het niks wanneer wetenschappers iets beweren zonder het te kunnen bewijzen, zoals nu met die opwarming van de aarde, gewoon middeleeuwse bangmakerij, meer is het niet. Het is een bewuste manipulatie om geld aan te trekken voor wetenschappelijke instituten.'

Catherina sust, ze weet dat zijn eigen instituut meerdere malen op het punt van opheffing heeft gestaan en Adrian de hete adem van Chinese en Russische natuurkundigen in zijn nek voelt en beaamt wat Adrian zegt.

Alice hoort het gesprek over de opwarming van de aarde aan met bevend hart. De hittegolven, de orkanen, klimaatvluchtelingen, ze heeft de berichten op haar iPhone opgezocht en wil aan het gesprek deelnemen, ze komt er niet tussen.

Ferdinand oppert dat Adrian zo boos is vanwege het eventuele verdwijnen van zijn instituut. Dat hij zich daar niet bewust van is, waarmee het onbewuste is bewezen. Ferdinand kijkt triomfantelijk rond maar krijgt onder tafel een trap van zijn vrouw. 'Oh, mijn lens.' Iedereen zoekt op tafel en onder tafel, Ferdinand neemt het servet en duwt het puntje in Lottes ooghoek en schuift de lens weer behoedzaam naar het midden van haar oog. Haar zicht op de wereld is weer helder.

Zij neemt de geboden gelegenheid waar om een vraag te stellen over de oerknal en neutraliseert daarmee de knal die Ferdinand aan Adrian uitgedeeld heeft. Adrian gelooft in de oerknal, het is zeker een redelijk verklaringsmodel. Hij blijft evenwel zitten met de snaartheorie.

De jongedames worden door dit onderwerp weer bij het gesprek betrokken, waarschijnlijk via een associatie met oer of met gitaren.

'Wordt alles groter in een uitdijend heelal?' wil Lotte meteen ook weten.

'Het heelal wordt inderdaad groter.'

'Ten koste van welke ruimte?'

Adrian denkt na en zegt iets over verschillende theorieën.

'Goed, maar als het heelal in omvang toeneemt, worden de hemellichamen verhoudingsgewijs ook groter, ik bedoel heel concreet: stel dat het heelal twee procent per jaar groeit, zijn wij dan ook twee procent gegroeid en merken wij het niet, omdat alles en iedereen verhoudingsgewijs twee procent meegroeit?'

Adrian buigt het hoofd. 'Ik zou het verdomme niet weten.'

'Is er dan zoiets als een onbewuste natuurkunde die, in tegenstelling tot het onbewuste in de psyche, niet te bewijzen valt, terwijl alle natuurkundigen zich wel baseren op formules die uitgaan van constante massa-eenheden, terwijl bij het uitdijen van de massa, de massa toch steeds minder massa wordt.'

'Ik geloof dat er andere bewoonde planeten zijn, waar men veel verder is, we komen tenslotte nog maar net uit onze holen vandaan.' Adrian maakt een zuigend geluid. Hij zuigt een stukje vlees los dat tussen zijn tanden geklemd zit met het principe van vacuüm. Het draadje eiwit met aminozuren waaruit een heel nieuwe fauna en flora had kunnen evolueren, verdwijnt in het zwarte gat achter zijn adamsappel.

Tijdens het nagerecht met ijs komen de jongedames met hun zorgen over de toekomst, onbekende virussen, nu weer het coronavirus, wel of geen vaste partner, wie is nog betrouwbaar, mag je in deze tijd met vervuiling wel kinderen nemen, de voetdruk die je achterlaat. Welke zekerheid kunnen zelfvoldane ouders ons nou geven, die zeg maar over de top van hun leven heen zijn en zelf niet eens weten of ze morgen even lang zijn als vandaag. Het aantal lege flessen wijn verklaart het niet van onderwerp van gesprek kunnen veranderen.

Filosoferen tijdens het dineren is een twintigste-eeuwse variatie van het gegrom van een jagersvolk rond een vuurtje, denkt Ferdinand terwijl hij naar de kassa loopt om te pinnen.

Ook Adrian is tevreden, binnen het bestek van twee uur zijn Mozes en Aaron, Aristoteles, Don Quichot, Nietzsche, Dostojewski, Odysseus, en Calypso de revue gepasseerd, al begrijpt niemand aan tafel de diepere betekenis van deze opsomming. Ze hebben maar wat cultureel gekeuveld.

Alice ontvangt een app-bericht met statistieken van Tina met een alarmerende tekst. Ze ziet wel lijnen die omhooggaan maar ze weet niet wat die lijntjes betekenen. Tina heeft het over ic's, percentages, aantal verwachte doden. Ze weet niet wat te doen en zegt niets, alsof haar mond is verlamd.

Adrian vindt die mensen van buiten het instituut ongelooflijk boeiend, hij krijgt de sensatie alsof hij door eeuwen vliegt. Maar, zo vraagt hij zich af, kun je een huis op cultuur bouwen? Hij laat een boer, waarvoor hij van Elisabeth een klap op zijn rug krijgt, waarop zij het opvoeden van haar vader staakt en met Alice verder praat op een snelle, gedreven wijze.

Ze ventileert haar haat, niet alleen bedoeld voor haar stomme ouders maar voor de hele generatie vóór haar, vooral de babyboomers. Die zijn zo zelfvoldaan. Die delen haar angsten niet en hebben in feite geen nut meer met hun bijna voltooide levens.

Zo scherp voelt Elisabeth het niet, ze voelt evenals Alice en Carla ook een tedere liefde voor hun vaders. De gevoelens voor beide moeders blijven duister en mysterieus. Moeders vangen je altijd op, ook als je het niet wilt. Vaders beschermen je alleen bij concrete dreiging, bij een ruzie, helpen na een ongeluk, wanneer het nodig is. Dat is oké.

Maar nu? Alice laat haar blik langs de aanwezigen glijden.

Maskers en bedreiging

's Nachts slapen de meisjes weer in de buitenlucht op het platte dak naast hun slaapkamer waar je door een opening de matrassen naartoe kan slepen. In vroegere tijden moet het de opkamer zijn geweest, te oordelen naar de nis waarin een Mariabeeldje zal hebben gestaan. Daar liggen nu kriskras door elkaar opmaakspulletjes, uitgedrukte sigarettenpeuken, verfrommelde zakdoekjes, nagellakkwastjes en in cellofaan verpakte maandverbanden.

Een cultuurhistoricus kan menen dat de devote verering voor Maria plaats heeft moeten maken voor eigenliefde van de meiden, door van zichzelf aanbiddelijke beelden te maken. In hun dagelijkse gebeden voor de spiegel vragen zij om schoonheid, zij bidden de hogere machten hun wensen waar te maken. Ze zullen niet zo snel met hun vroom gebogen hoofden naar het oosten gekeerd staan. Eerder naar de spiegel met lippenstift roodgeverfde hartjes. In werkelijkheid vragen ze ook geen voorspraak van Maria voor een goed leven na de dood, maar een mooi leven voor nu. Ze moeten, menen zij, het geluk op eigen kracht voor elkaar zien te krijgen.

Alle drie zijn ze uren uiterst ernstig bezig zich te verfraaien, als krijgers die in gespannen afwachting zijn van een strijd op leven en dood. Elke goedkeurende blik in een spiegeltje is voor hen even belangrijk als een bericht op hun mobieltje. Hun gebeden voor schoonheid en welstand gaan gepaard met zelf kastijdende opmerkingen over beginnende vetafzetting rond de heupen en op de zijkanten van de bovenbenen. Het valt op hoe mild zij, ondanks bittere zelfkritiek, voor elkaar blijven. De complimentjes over en weer worden gretig opgezogen. Hun bijenachtige bedrijvigheid versterkt de band tussen het drietal en is nog niet bedoeld om aandacht van jongens te trekken.

In de middag lopen ze gedrieën stevig gearmd in Menton te flaneren en kijken zo strak en breekbaar voor zich uit als waren zij gemaakt van Japans porselein. Ze breken af en toe in een krampachtig gelach uit. Wanneer ze met hun blikken naar voren blijven gefocust, kunnen ze voelen dat jongens omkijken. Als bij toverslag kan de lach weer in hun pokerface veranderen. Ook kunnen zij elkaar met de punt van de elleboog priemen, waardoor een rozenkrans aan blauwe plekken ontstaat rond hun borsten, die als snoetjes van jonge vossen uit hun holen naar buiten gluren.

Op die avond zingt een Russisch-orthodox koor tussen twee kerken in Menton op een hooggelegen plein met uitzicht op de zee waardoor een geweldig mooie akoestiek ontstaat. De gewijde sfeer dreigt af en toe door het gegiechel van de meisjes te worden verstoord. Ze zijn het meest verrast door de tegenstelling tussen de tragisch-religieuze melodie die het à capella zingend koor laat horen en de ironische boeventronies die boven de versleten pijen uitsteken. Het koor schuifelt na de pauze weer vroom met een oud boek met notenschrift in hun handen in sandalen naar het podium om het applaus in ontvangst te nemen.

Andere avonden maken de jongedames zich op zonder Bussaré te verlaten. Ze doen de beschilderingen op hun gezichten uit zelfkwelling, als bonus voor de spaarzame momenten waarin de één een lovende opmerking van een ander toelaat, waardoor er weer een dun laagje aan hun zelfvertrouwen wordt aangebracht.

Vanavond zijn zij eerder van tafel gegaan. Ze hebben geen zin in eindeloze betogen over de noodzaak van oorlogvoering. Over de implicaties van de U.S.A. als morele leider, met hun president als tegenwoordig in de wereld van vandaag en inderdaad over de gevolgen van klimaatverandering voor Afrika, zinkend Jakarta en verhuizing van medelanders naar de hogere gebieden van het land. Deze onderwerpen zijn geen nieuws meer voor het drietal.

Ze brengen de matrassen naar het dak. De krekels, die de hele dag de boventoon hebben gevoerd, trekken zich, nu het afkoelt, morrend terug. Vuurvliegjes dansen in groten getale, ze stralen een paar seconden lang licht uit en doven uit in het duister, lijken verdwenen en lichten weer even op. Het wordt snel donker.

In de verte hoor je een hond janken als antwoord op het balken van een ezel.

Alice is bevangen door de veranderende achtergrondmuziek van het getjilp van krekels. Het heeft een hypnotische werking op haar en komt als vanzelf dichterbij. Dit en meer nog door de sterren met lange slierten, al die lichtpuntjes van vuurvliegjes die dansen op het ritme van kosmische muziek, die niet hoorbaar maar alom aanwezig is.

'Kijk,' zegt Alice, als je je concentreert op de Grote Beer, beginnen alle andere sterren te bewegen. Kijk je langer, is het net of de Grote Beer zelf dichterbij komt.'

Ze ondergaan de bewegingen van de sterrenhemel als een zachte massage voor de ziel en worden stiller. Wanneer zij iets tegen elkaar zeggen, klinkt het als uit een droom met woorden die een lange weg hebben afgelegd, die vermoeid en ontdaan van alle franje aankomen en toch in hun oorsprong herkend worden.

'Hoeveel sterren,' vraagt Carla naïef, 'hoeveel sterren zijn er wel niet?'

Elisabeth houdt het vaag. Voor hetzelfde geld zijn er tien procent meer of minder. 'Onmetelijk veel,' antwoordt ze diplomatiek.

'Misschien bestond er voor het ontstaan van elke ster al een gedachte. Dan moeten die gedachten heel oud zijn, gek idee. Als ze ons nu pas te binnen schieten, is er toch een onbewuste, zoals Ferdinand zei.'

'Zolang de woorden onderweg zijn? Hoe meer je kijkt, hoe meer sterren je ziet. Zo gaat het toch ook met denken. Als je een idee bedenkt komen er meer. Bestaan gedachten dan eerder al onbewust?' wil Carla weten.

'Daar gaat het nou juist om,' zegt Elisabeth geroutineerd, 'een ster die je voor het eerst ziet, bestond natuurlijk al.'

'Bewijs dat maar eens.'

'Het duurt toch lichtjaren voordat wij het licht eindelijk zien.'

'Het is mogelijk dat de ster uitgedoofd is of is verdwenen in een zwart gat en het licht naar de aarde nog onderweg is.'

'Dat vind ik zielig. Stel een jongen glimlacht, de glimlach is naar jou onderweg en de jongen is al dood.'

'Het zal wel, alles gaat zo snel. Eigenlijk heb ik geen zin in het leven, het is te mooi en zo voorbij.'

Alice blijft aangedaan, het is voor haar een langgerekte dag geweest. Elisabeth wordt juist alert en betoogt dat die jongen dan toch bestaan heeft. Alice blijft stil.

'Als je ophoudt te denken dat hij bestaat, bestaat hij misschien ook niet meer.'

'Misschien niet voor jou.'

'Oké, dan zijn er verschillende werkelijkheden.'

'Die zijn er misschien ook. De sterren zijn er voor iedereen, het heelal is dus één werkelijkheid.'

De maan is ondertussen van achter een bergkam opgedoken en schijnt over het dal, het geeft de spookbomen zelfs schaduw. Het gesprek hapert en gaat weer verder, neemt allerlei wendingen. Elisabeth oppert dat je het beste alleen je eigen gedachten kan kennen. Het verhaal van de koppeling tussen sterren en gedachten gelooft zij niet. Als je jezelf goed kent, begrijp je in ieder geval beter wat er gebeurt.

Carla werpt tegen dat zij zichzelf redelijk goed kent, maar niet begrijpt dat wanneer je dood bent haren en nagels nog doorgroeien, waarom je als meisje of jongen geboren wordt en waarom de maan zoveel grappiger is dan de zon.

Alice, die al een tijdje voor zich uit staart, zegt: 'Als ik die Salvatore maar begrijp, hij liet me doodschrikken.' Zij vertelt hoe indrukwekkend beheerst hij die stokken overpakte, hoe zijn met olie ingesmeerde huid glinsterde van het zweet. 'Oké, hij houdt een soort eredienst voor zijn vriend. Dat is nog geen reden om mij zo te laten schrikken. Er moet iets anders spelen. Als ik hem doorheb zal ik niet meer bang voor hem zijn. Ik was ook niet bang, ik was van hem onder de indruk.'

'We kunnen morgen met z'n drieën gaan en met hem praten. Is hij eng?' Carla weer, altijd beducht voor gevaar.

Alice weet het niet. Wat is angst, waar begint nieuwsgierigheid?

'Is hij zo'n type dat vuurwapens gebruikt?'

'Als hij dat doet, ben je er zo geweest, zeker weten.' Ze wendt haar hoofd af.

'In een tv-programma zag ik dat die vechters scheermesjes in zo'n touw doen.'

'Zal hij niet doen, hij heeft er geen reden toe. Zijn vriend is vermoord en hij wil zich wreken. Salvatore weet echt wel dat ik zijn vriend niet heb vermoord. Hij staat zo opvallend om mensen aan te trekken en onderzoekt of ze iets met de moord van doen hebben.' In een flits ziet Alice de doorkliefde schorpioen voorbijkomen. Ze ziet er zwarte kraaloogjes bij, die zij in het echt niet gezien kan hebben.

Elizabeth ziet Alice bleek wegtrekken en vraagt haar wat er met haar aan de hand is.

'Die ogen van de schorpioen, en het doorkliefde lichaam met gebogen pootjes eronder dat doorliep. Zeker weten dat de natuur terug zal slaan.' Ze slaakt een diepe zucht.

Elizabeth vindt Alice' gedachtegang niet wetenschappelijk. 'Je kan beter bang zijn voor het coronavirus. Heel Nederland zit in angst. Die angst is reëel en in statistieken te vangen.'

'Waar heb je het over?' Het blijkt dat Elizabeth de enige is die de recente berichten van de overheid heeft gevolgd.

Alice wil terug naar haar verhaal over Salvatore. 'Toch gek dat hij onderzoek doet op de plek waar de moord niet heeft plaatsgevonden en wel bij de plaats waar die motor in de bomen hangt.'

'Een mogelijke verklaring is dat in de buurt van de motor aanwijzingen moeten zijn die hij zelf over het hoofd heeft gezien. Ofwel dat Salvatore wacht op de moordenaars die bewijsmateriaal weg willen halen en hij de daders zo kan ontmaskeren.' Carla draagt zo een steentje bij aan het gesprek.

Afwijzing

De kuil voor de septic tank is inmiddels manshoog uitgegraven. Andy is zichtbaar trots op zijn prestatie. Hij heeft tijdens het werken een soort zuivering van zijn ziel ervaren, zonder precies te weten waar zijn ziel mee was besmet, net als bij zoveel andere, aan vage schuldgevoelens lijdende mensen.

Hij bewondert Ferdinand met de dag meer, vanwege diens opmerking dat iedereen wel eens in de krochten van zijn fantasie of in de werkelijkheid een zonde heeft begaan. Vaak gaat het niet eens over een zonde, eerder over spijt waarvoor geen veroordeling gerechtvaardigd is. Een raar fenomeen dat schuldgevoel vaak blijft hangen, aldus Ferdinand. Je gaat meestal alleen maar even over een onduidelijk lijntje tussen goed en kwaad.

Andy heeft in deze uitspraak een relativering bemerkt die het hem mogelijk maakt deze zomer bij Adrian zwaar werk te doen zonder te weten met welk schudgevoel hij inwendig kampt. Hij hoopt in de toekomst niet meer in het krijt te staan bij een onbereikbare rechter in zijn eigen hoofd, die hem veroordeelt en hem ook nog behandelt als een openbare aanklager die geen zaak tegen hem heeft. Hoe dieper hij graaft en hoe meer hij zweet door te blijven zwoegen, hoe meer verlichting hij in Ferdinands woorden ondervindt.

In het begin van deze klus keek hij gemakkelijk over de rand van de kuil heen en wanneer de jongedames langs kwamen lopen riep hij 'hey'. Iedereen van de groep weet dat hij zijn oog op Alice heeft laten vallen, die zich de aandacht als milde zonnestralen liet welgevallen. Daarna is het niveau van de bodem gestaag gezakt. Na enige tijd kon je alleen zijn rode, hevig transpirerende hoofd, met een blije uitdrukking op zijn gezicht nog zien. In de middag is dat beeld al verdwenen. Je ziet nu rode aarde met een zekere regelmaat naar boven gegooid worden, elke worp gaat gepaard met een sonoor gekreun. De jongedames komen ook minder vaak langs, logisch, je blijft ook niet kijken naar het punt waar de zon al lang geleden is ondergegaan.

Andy had Adrian gevraagd hoe diep hij de kuil wil hebben. Deze had geantwoord dat hij dat nog niet precies weet. Hij houdt verschillende septic-tank-maten in overweging. In Nice heeft hij enorme plastic tanks gezien, die je weer kan aansluiten op kleinere, zodat met het aflopen van de terrasjes, steeds zuiverder water overblijft. Adrian had zich afgevraagd of hij de inhoud van de laatste tank, waarin alle bacteriën en virussen elkaar hebben opgevreten en die zuiver water bevat, weer in de rivier zal laten lopen of zal gebruiken voor het aanlengen van gistende druiven voor de wijn die hij als pupil van Dante van plan is te maken.

Het idee van verdere zuivering had Andy in deze, voor hem roerige tijd, aangegrepen als tegenwicht tegen zijn vrees voor de ondergang van de wereld. Hij begon gedwee een nieuwe kuil te graven op een lagere trede van de terrasvormige helling. Hij zag Alice ook weer, die hij mooier vond dan ooit.

Adrian heeft bij Sospel een groothandelaar in septic tanks ontdekt. Hij houdt rekening met de mogelijkheid dat de voormalige douaniers, nu nutteloze ambtenaren, die waarschijnlijk met lokale tegenstanders van de Hollandse kolonie uit Olivetta meeheulen, hem allerlei overbodige administratieve hindernissen zullen opleggen. Zijn plan is door hun hautain gedrag gerijpt. Eerst een kleine tank kopen voor het terras, de volgende dag een grotere en op het laatst zou hij de allergrootste meenemen. Bij kritische vragen zou hij de 'douanebeambten' op hun inconsequenties wijzen en hun onder de neus houden dat hij al dagen hun instemming heeft om septic tanks in te voeren, dus waarom geen toestemming voor een grote?

Andy, die niet de eruditie heeft van Chris en minder sportief is dan Chad en Dave, en die zich volgiet met Coca-Cola en cornflakes neemt uit verpakkingen met stripverhalen, heeft weinig aansluiting bij zijn landgenoten. Behalve wanneer Adrian zich dreigend opstelt en de Amerikanen denigrerend behandelt, dan sluiten hun gelederen zich weer.

Andy schreef Alice, die vrijwel niet meer langs kwam lopen en weer helemaal opging in eindeloze filosofieën met Elisabeth en Carla, een brief. Hij had kunnen weten dat zijn brief uitvoerig door de dames besproken zou worden, want de bindingen tussen hen onderling zijn immers veel hechter dan die tussen de boys.

Hun oordeel over zijn brief is vernietigend. Het was ook geen echte liefdesbrief, eerder een samenvatting van zijn leven, zijn dromen, herinneringen aan de vakanties met zijn familie. Aan de verkleedpartijen met zijn zus, die op een foto stralend naast hem op een strand in Honolulu ligt. Hij schrijft dat zij alles met elkaar delen en dat hij zelfs verliefd op zijn eigen zuster is geweest. Zijn vader is een heel goed mens, zijn moeder ook. En hij schrijft dat hij helemaal niet zo rijk is als hij eerder beweerde, wel heel verliefd is op Alice en dat hij niet begrijpt waarom zijn liefde onbeantwoord blijft. Hij schrijft over de gruwel die zijn verliefdheid voor hem is. Over de innerlijke beving waar hij bang voor is.

De dames hebben zich als Schriftgeleerden gebogen over elke zin, over zijn manier van schrijven en zijn stijl. Ze hebben gespeculeerd over het moment van schrijven van de brief, dat geweest moet zijn rond het graven van zijn laatste gat. Als roofdieren bewaren zij de brief als een prooi, om hem de volgende dag nog eens te verslinden. Ten slotte is de hele tekst uit den treure besproken.

Elisabeth vraagt Alice om in één zin te zeggen 'waarom niet?' waarop Alice vanaf het dak voor hun slaapvertrek schreeuwt: 'Ik ben zijn zuster niet.' *'Ik ben zijn zuster niet,'* echode het tussen de berghellingen. Carla wordt belast met het overhandigen van hun antwoord, dat dagen op zich laat wachten want elk woord wordt gewikt en gewogen. Zij willen Andy absoluut niet het idee geven dat hij een vreemde vogel is, hoogstens een variatie.

De brief begint met een opsomming van alle goede kwaliteiten. Hij is lang, slank, heeft een leuke lach, is een Amerikaan, kan goed werken, is blond, studeert, heeft mooie tanden, pianovingers en komt uit een goede familie. Andy herleest vele malen de brief van Alice en stuit steeds weer op de laatste zin: *Ik heb niets met je.*

Chris ontfermt zich over Andy die dagenlang last blijft houden van diarree. Hij legt uit dat mensen van het oude continent binnen de wetten van de taal de vorm van de omkering gebruiken en langzaam naar het beslissend punt toewerken. Zo worden wenselijke eigenschappen naar voren gehaald om ten slotte de naakte waarheid als een klap uit te kunnen delen. Als nu het Amerikaans al de wereldtaal zou zijn, had een Europees meisje simpel kunnen antwoorden: 'I do not love you.' In geval de gebarentaal van Ferdinand in de wereldtaal geïntegreerd zou zijn, zou volstaan kunnen worden met het stopteken zoals in het verkeer al gebruikelijk is.

Andy grijpt zich vast aan de lyrische inhoud, die schuilt in de opsomming van zijn goede eigenschappen en stuurt zijn belezen vriend, die als troost voor Andy een cowboyliedje op zijn gitaar tokkelt, weg. Steeds opnieuw zoekt de met norit-tabletten herstelde Andy contact met de meisjes en hij vraagt Alice zelf haar brief aan hem voor te lezen, behalve de laatste zin. Zij had glazig in de verte gekeken. Ze gaat door met haar conversaties met haar vriendinnen, waardoor Andy niets anders overblijft dan nog een brief aan Alice te schrijven.

Aangezien deze brief door iedereen die het wil gelezen mag worden, heeft Andy kopieën geschreven om op de muur van Piazza Cavour in Bussaré te plakken en aan boomstammen te spijkeren. Zelfs heeft hij de brief achter de tralies van het raampje van het kerkje neergelegd, waar vergeelde dorpsberichten wachten om gelezen te worden. Het is een intieme maar openbare brief en mag hier in zijn geheel worden gepubliceerd. Heel de wereld mag weten dat Andy in vuur en vlam staat.

Alice, jouw tepels zijn geblinddoekte kanalen. De zon ratelt het pigment daaromheen als karrenwielen. De warmte komt uit de aarde. Waar de azuren planten tussen tenen groeien, de knieën uitspruiten tot gedekte tafels. Handen zijn steden geworden en jouw spieren spelen een kosmisch concert. Zelfs gekristalliseerd zout vindt geen horizon. Vreemde mensen werken samen en kennen elkaar niet. Waarom zou God dan anders zijn. Soms beweegt de wind brem en zilverpapier. Blikken hitte in een roze

universum. Moet ik mijn hand uitsteken om te zalven met geslachtsmelk van palmen? Vluchten voor het nachtkleed van de regen? Moet alles zonder naam? Ik doe mijn ogen open in jouw hondenogen. Mijn looptijd is een eeuwigheid. I love you.
Andy

De dood dichterbij

Alice haalt zich de recente gebeurtenissen nog eens goed voor de geest. De week voor die bewuste zondag stond iedereen klaar voor een excursie naar La Vallée des Merveilles, waar op rotsen honderden tekeningen te zien zijn die door reizigers uit lang vervlogen tijden er zijn ingekrast. Zij trokken met hun karavanen over de uitlopers van de Alpen van Nice naar Marseille en verder. De route langs de zee was in vroegere tijd onbegaanbaar. In het nu verstilde dorp Tende moet een enorme bedrijvigheid geheerst hebben. De karavanen brachten vanuit alle windstreken handelswaar naar dit dorp. Duizenden muilezels beladen met zout, olijven en andere goederen, die men in het gebied dat nu Frankrijk heet onvoldoende kon verkrijgen, werden op de markten in Tende verhandeld.

Op de zondagochtend van de excursie vertrok iedereen te voet vanaf de aankomst bij het begin van de brede helling, in z'n eentje of in paren. De tocht zou uren gaan duren. Het pad loopt vals plat door de pastorale omgeving met hier en daar een in het glooiend landschap gelegen boerderij. Er heerste vanwege de hoogte een aangename zondagse frisheid.

Na een uur begon een pad dat steiler en moeilijker begaanbaar was. Ferdinand, die met de jongedames meeliep, had enige moeite een drukkende pijn op zijn borst te verbergen. Weer later leidde het pad door een nog breder vlak land met manshoge stenen, die ver voor het bronzen tijdperk door de gletsjers naar deze plekken zijn geschoven en daarmee uithollingen in de aarde hebben geschuurd. Ferdinand geeft college over de ijstijd.

Alice kan zich de massa ijs die het land veranderde nauwelijks voorstellen. Het zijn nu meertjes. Aan de rand van het wandelgebied staat een 'refuge' waar groepjes wandelaars zich kunnen versterken met brood en soep. De ene na de andere wandelaar kwam aanlopen.

Vanaf dat punt is de hele groep met een gids vertrokken naar het gebied met de rotstekeningen. Ferdinand is meer dan nieuwsgierig naar de inkervingen die hij te zien zal krijgen en loopt vlak achter de gids die hij met vragen bestookt. De gids wijst speerpunten aan welke trots aangeven dat de mensen ooit het bronzen tijdperk zijn binnengegaan. Naast speerpunten zijn er figuren te vinden die lijken op antieke harpen zonder snaren. Zij lijken veelal op hoornen van stieren zoals Matisse ze tekende.

Nu weet Ferdinand de vroegere betekenis van zo'n beeltenis; het vertegenwoordigt, voor zover zijn geheugen hem niet in de steek laat, het begin en het einde. Het symbool van een slang in antieke Egyptische voorstellingen die zich in zijn eigen staart bijt is ook zo'n beeld van eeuwigheid. Bij de hoornen van stieren is de cirkel onderbroken, net zoals de baan van de zon om de aarde in de nacht niet zichtbaar is maar de volgende dag weer onverschrokken opkomt.

De slang, die komende aardbevingen kan aanvoelen, wordt ook als symbool van wijsheid en kennis gebruikt, een betekenis die in het paradijsverhaal is verdraaid. Eva wordt namelijk al eeuwenlang veroordeeld voor de aanname dat zij zich liet misleiden door een slang en Adam verleidde tot 'zonde' door hem een appel aan te bieden. Hierdoor werd zijn onschuld en onwetendheid voor altijd verleden tijd. Het is volgens Ferdinand zo, dat het paradijsverhaal verhult dat juíst Eva de mensheid naar het licht van de kennis van goed en kwaad heeft gebracht. Een paradijs zonder zonde heeft nooit echt bestaan.

Ferdinand wordt niet gehinderd door archeologische kennis maar kan wel logisch nadenken. Hij kan zich niet voorstellen dat Eva uit een rib is ontstaan. Voor Ferdinand is een licht gekromde rib symbool voor een penis in erectie. Met die gedachtegang klopt het verhaal weer. Adam moet Eva bevrucht hebben en die geeft Adam de schuld van haar pijn bij de baring. Hij houdt zijn ingeving voor zich, hij heeft zijn adem ook nodig voor de pijn op de borst. Het pufje dat hij bij wielrennen gebruikt heeft Ferdinand niet bij zich.

De hoornen van de stier staan ook voor vruchtbaarheid, niet alleen voor mannelijke vruchtbaarheid wat zich uit in miljoenen gretige zaadcellen. De hoornen staan ook voor vrouwelijke vruchtbaarheid, namelijk voor de 's nachts onzichtbare zon, die met groeien en bloeien en dus met de vruchtbaarheid van de vrouw van doen moet hebben. Twee symbolen met een gelijkwaardige betekenis in één beeld. Een vrucht scheppen doe je uiteindelijk niet alleen. De vrouwelijke vruchtbaarheid laat zich, buiten het terrein van de symboliek om, aan een zwangere buik en de geboorte van kinderen zien. De mannelijke toont zich aan een maniertje van lopen en onder de microscoop, waar een gigantisch peloton zaadcellen strijden om de eerste plaats.

'Het symbool van de stier lijkt vanwege de verwijzing naar het mannelijke én het vrouwelijke een dubbele betekenis te hebben,' aldus Ferdinand die zijn bedenksel toch niet voor zich kan houden.

Catherina haalt haar schouders op. Ze zwijgt liever over de strijd over wie van beide seksen de meeste waarde heeft. De strijd is door de vrouw gewonnen. Catherina heeft het glazen plafond allang doorbroken en doorziet zijn poging het domein van de vrouw opnieuw te annexeren.

In de rotstekeningen worden beide hoornen, twee punten waartussen spanning heerst, met elkaar verbonden door een zigzaglijn, zoals bij weerlicht te zien is. De godinnen en goden, die voor de vroegere mens op grote afstand stonden, zijn hier in gedaante van donder en bliksem dichterbij gekomen.

De op die zondag nog licht doorschijnende wolken, kunnen in deze bergen binnen enkele minuten dreigend samenpakken en een enorm onweer ontketenen. De tijd die de karavaan dan kreeg om te vluchten was te kort. Met het teken van onweer werd op magische wijze geprobeerd het onweer op te wekken, waarna de lucht, ontdaan van de elektrische lading, opklaarde en de karavaan de doorgang tussen de bergen kon passeren. Catherina 'accepteerde' deze plausibele verklaring om ondertussen haar eigen gedachtegang te volgen.

Inmiddels is duidelijk geworden dat het hoge ijzergehalte met de magnetische werking daarvan in de berg Dogun verantwoordelijk is voor het aantrekken van elektriciteit dat bij onweer door de lucht schiet. De donderende God bleek van ijzer te zijn. Later verbond men de hoornen met elkaar tot een vorm van een hoofd, dat weer later een Christuskop werd met een baardje. God is dus in ijzer dichter bij de mens gekomen en ten slotte nog menselijker geworden in de figuur Christus.

Alice herinnert zich hoe haar vader, die lang aan het woord is geweest, haar ooit vertelde over zonen die hun vader hebben vermoord vanwege de almacht die hij had. Alle vrouwen, moeders en dochters behoorden tot zijn persoonlijk bezit. Ferdinand, die gewend is dat men smalend over zijn onderzoekingen bij de rivier doet, ontvangt onverwacht belangstelling van de Amerikanen. En eenmaal aan het woord, vertelt hij over de aanname van de mythe van de oerhorde, hoe de zonen hun vader opaten en daarmee hoopten de kracht van hun vader in zich op te nemen. Ze vreesden zelf, als toekomstige vaders, ook weer door hun zonen vermoord te zullen worden. Duidelijke afspraken over de verdeling van de vrouwen leidden tot een beter sociaal evenwicht. De mannen moesten nu vrouwen van buiten de eigen clan zoeken. Zo kon onderlinge jaloezie en incest verminderen.

De jongedames, die eerder glunderend luisterden toen het ging over godinnen, reageren nu geïrriteerd. Alsof hun partnerkeuze over hun hoofden heen zou kunnen worden beslist.

De overstap naar patriarchale godsdiensten is inmiddels gemaakt in Ferdinands betoog. Lotte heeft een andere mening over de tekeningen en zegt haar bewering met bewijzen te kunnen staven. Zij gaat uit van het hebben bestaan van een matriarchale samenleving met vele godinnen. Het is juist de maan die overdag verdwijnt en 's nachts weer opkomt. De maan staat symbool voor de vrouw, die het leven schenkt. Lijkt de eicel van dichtbij, in de ogen van een zaadcel, niet op een maan? Met kraters? En een zaadcelmannetje op een astronaut? De maan die de volgende nacht weer zichtbaar is, staat immers symbool voor het nieuwe leven.

Lotte heeft een boek gelezen over de rotstekeningen, die overal in Europa voorkomen, en ze is zeker van haar zaak. De man heeft later de zon aangewezen als bron van alle energie. De aanbidding van de zon is volgens haar de voorloper van de monotheïstische godsdienst en daarmee van het patriarchaat. We moeten terug naar het matriarchaat, want zo gaat het niet goed met de wereld met het huidige heersende neoliberalisme en de vervuiling van de wereld als consequentie daarvan. Juist de man verdrijft de mensheid uit de wereld, die het paradijs had moeten blijven.

De toon is gezet. Catherina, die onrust merkt, meent dat, behalve Dave, de andere Amerikanen puriteins met de Bijbel zijn grootgebracht en mogelijk geschokt zijn door de verhalen die zij in het oude Europa te horen krijgen.

Op de terugweg loopt iedereen weer in zijn eigen tempo naar de auto's. Na een toeristenmenu gegeten te hebben, waar Adrian op trakteerde, komt iedereen vanuit het donker weer in de vallei aan. Vanaf de parkeerplaats loopt men door vuurvliegjes omgeven terug het dal in. De brug over de rivier bestaat uit twee boomstammen die op gestapelde stenen rusten. Iedereen gaat moe slapen.

De volgende ochtend trekt Adrian er weer alleen op uit, wie weet waarheen en voor welke aankoop. Adrian kennende, kan men inschatten dat het laat kan worden. Elf uur 's avonds is hij, tegen zijn gewoonte in, nog niet teruggekomen en iedereen betrekt alvast zijn of haar slaapplek in de ruïne of tent en hoopt de volgende dag meer te horen.

Bij het ontbijt blijkt Adrian niet thuisgekomen te zijn. Catherina komt ogen wrijvend haar tent uit, de ontbrekende Adrian valt haar eerst niet op. Elisabeth brengt het missen van haar vader onder woorden. 'We moeten Adrian zoeken, hij zou nu thuis moeten zijn. Hij heeft niet gebeld. Dat is niets voor mijn vader. Hij neemt de telefoon ook niet op. Dus er moet een probleem zijn.'

Wegens sloom gedrag van de groep verdeelt zij de zoekopdrachten. Ze gaat zelf naar de plek bij de oude muur van Dantes tuin waar de plastic kisten voor lege flessen staan en waar dalbewoners hun auto's parkeren. Het aanhangwagentje van Adrian heeft daar een vaste plaats en ontbreekt nu. Misschien is de as gebroken en heeft Antonio Adrian een slaapplaats aangeboden om straks bij een garage in de buurt het euvel weer te verhelpen. Ze maakt zich niet zo ongerust.

Ook Catherina denkt eerder aan een simpele oorzaak voor zijn afwezigheid. Adrian onderhandelt misschien bij Dante thuis over de plaats waar de palen de grond in mogen. Welke ondernemer uit Olivetti hij aanwijst om het beton voor verankering van de palen mag storten. Iedereen is gewoon aan het werk gegaan, veronderstelt Catherina.

Tegen lunchtijd wordt Elisabeth echter overvallen door een onwerkelijke stemming. Ze gilt: 'Ik vertrouw het niet! Zomaar wegblijven is niets voor mijn vader.' Meteen breekt er een paniekerige sfeer uit die al in de lucht moet hebben gehangen.

De Amerikanen krijgen een auto mee om bij dumpwinkels rond Nice te vragen of zij hun buitenlandse klant van de laatste weken hebben gezien. Die opvallende Nederlander die lang onderhandelt en niet meteen een beslissing neemt moeten ze zich wel herinneren. Ze rijden in Menton langs garages met dezelfde vraag. Catherina gaat met Lotte toch maar naar de politie in Ventimiglia en Menton. Ferdinand blijft bij de ruïne voor het geval Adrian zich daar weer laat zien. Alice gaat alle bewoners van Bussaré vragen of ze Adrian hebben gezien, terwijl Elisabeth en Carla in Olivetta worden afgezet om daar navraag te doen.

Alice roept bij de half openstaande deur van Cora. Alice begint hier haar onderzoek. Cora roept Alice naar binnen, doet de half openstaande voordeur helemaal open. Cora beantwoordt Alice' vraag niet. Ze laat een geschuifel horen en verschuilt zich door in het halletje te bukken, waardoor de ronding van haar rug slechts even zichtbaar is. Ze wil als weduwe niet gezien worden en ook weer wel.

'Dus nog een keer. Heb je Adrian gezien?'

Cora richt zich op. 'Nee, hoezo?' Cora doet de deur weer op een kier en laat achter een gordijn een deel van haar gezicht zien. Alice vindt Cora's gedrag vreemd.

'Hij is gisteravond niet thuisgekomen.'

'Nou?'

'Iedereen maakt zich ongerust. Het is niets voor hem om zo-maar een nacht weg te blijven.'

Een nacht, denkt Cora. Wat is nou een nacht? Mijn man is voor eeuwig weg. 'Nee, ik heb Adrian niet gezien. Hij is een echte valleibewoner vind ik.' Cora wil blijkbaar toch een gesprekje met Alice beginnen.

'Hoe bedoel je?'

'Nou, hij is een apart figuur, niemand durft zo'n klus aan als hij.'

'Als je dat bedoelt. Ja.'

'Hoe bevallen de Amerikanen?'

Alice voelt niets voor smalltalk met deze vrouw en wil dan ook weg. Zij kan zich niet zomaar aan Cora met haar droeve ogen onttrekken. Cora maakt nu weer een uitnodigend gebaar en biedt Alice iets te drinken aan. Toe dan maar, moet Alice gedacht hebben. Misschien weet ze iets.

'Mijn man is overleden.'

'Ja, dat heb ik gehoord.'

Alice kijkt in de Hollands ingerichte kamer door het venster over het dal. Door de kozijnen als omlijsting ontstaat het beeld van een stil, verlaten dal. Een soort schilderij als herinnering aan de dood van Cora's man. Ze kan zich niet in Cora's emotionele toestand inleven, haar bezorgdheid staat te ver van het verdriet van Cora af. Ze denkt maar aan één ding: Waar kan Adrian zijn?

'Is hij, je man, plotseling overleden, was hij zo opeens dood?' vraagt ze afwezig.

'Anderen zagen het aankomen, ik niet. Hij hield zo van dit huis. In het voorjaar ben ik hier nog alleen geweest, als ik geweten had dat hij de zomer niet zou halen…'

Cora neemt Alice weer mee naar het venster, waar zij uitzicht heeft op de kleine huisjes die verspreid in het dal liggen naast een groene strook bomen langs de rivier. Alice kijkt liever niet.

'Van hier kan je alleen de bovenkant van de ruïne zien. In het voorjaar, je kan het je niet voorstellen, steeg het water tot aan het huis van Dante. De benedenkamer stond tot aan het plafond onder water. Ik kon alleen op de bovenste etage verblijven. De rivier was woest. Zoiets gebeurt misschien eens in de vijfentwintig jaar. Ik kon het huis niet uit en wilde het ook niet. De woeste rivier kondigde achteraf gezien zijn dood aan. Ik had het kunnen weten. Had ik het teken begrepen, dan was ik niet hier gebleven.'

Cora is mededeelzamer dan Alice had verwacht. Ze trekt een gezicht van 'dat zal wel, maar wat moet ik ermee. Ik heb andere sores.'

'De dood komt toch nog onverwacht, precies zoals het in rouwadvertenties staat.' Alice schrikt, ze denkt meteen aan Adrian die bij een ongeval omgekomen kan zijn. 'Ik zat hier weken in mijn eentje en ik kan je vertellen, ik was doodsbang.'

'Waarvoor?' Alice is er met haar gedachten nog steeds niet bij.

'Voor de dood.'

'Bij gevaar kon je toch wel naar Dante lopen of desnoods weggaan.'

'Ik kon en wilde ook niet weg. Dante was uit zichzelf aardig, hij steunde mij en bracht me eten. Begrijp je dat ik mijn doodsangsten wilde leren kennen, erdoorheen gaan, mijn angsten als het ware omarmen, ik wilde niet vluchten, ik wilde de boodschap van de woeste natuur begrijpen. De boodschap was achteraf bezien nog de enige verbinding met mijn geliefde. Niets wees op het einde van mijn man.'

'Kan wel,' zegt Alice. Ze kijkt naar de deur.

'Ik heb in die dagen een dagboek bijgehouden, er is geen emotie die ik niet heb gevoeld. Met het aanhoudend gebulder van de rivier naast mij. Alsof ik in een storm op een boot zat. Ik heb dat dagboek nooit meer ingekeken. Een maand later was hij dood.'

Op Alice' huid verschijnt kippenvel, een wee gevoel dringt bij haar binnen. Zij is door Cora's verslag nog bezorgder geworden. Adrian kan dood zijn. Alice probeert haar paniek te verbergen en zo snel ze kan, weg te komen. Cora biedt haar nog eens cola aan, maar Alice krijgt een smaak van aarde in haar mond en staat op.

'Sorry, ik moet weten wat er met Adrian is gebeurd.'

'Ik zou het dagboek nu weer kunnen lezen, als jij bij me blijft.'

Alice staat op, zegt gedag en rent het huis uit.

In plaats van de anderen te zoeken en te vragen naar Adrian, verlangt zij terug naar de rivier om haar ademhaling tot rust te brengen. Zij besluit stroomafwaarts te gaan lopen, het bovenste smokkelpaadje te nemen en verder langs de wijngaard van Dante naar beneden, richting Olivetta te gaan.

Boven het kaalgeschoren stuk land bij de lijstenmaker trilt de lucht van de hitte, de krekels zijn koortsachtig gekmakend met hun schraperig gezang bezig. Langs het pad kronkelt de rubberen waterleiding als een zwarte slang die onder en dan weer boven de rode aarde zichtbaar is. Hier en daar spuit uit een lek een straaltje door de zon beschenen water met kleuren van de regenboog. In de rivier resoneert het geklater van het water tegen het gebladerte rondom haar, als loopt zij door een tunnel.

Op een rotsblok blijft zij in een kromming van de rivier in gefilterd licht zitten. De libellen vliegen laag bij de donkere oevers af en aan, begerig als altijd voeren zij hun paringsdansen op. Rond haar hoofd danst een groepje maagdelijk witte vlinders.

Alice vindt het leven te wreed en te meeslepend. Geen vlinder zal volgend jaar nog leven en van de honderden kleine visjes is er misschien maar één die trots met goudkleurige schubben stroomopwaarts gaat zwemmen. Zij denkt aan haar eigen leven, wat er van haar zal worden. Ze begrijpt ineens iets van die droom van Elisabeth. Voor het echte leven is roekeloosheid nodig, je moet van het witte paard stappen en je in de rivier van het leven gooien, jezelf pijn durven doen, geen gebaande wegen bewandelen. Als het te eng wordt wil je met een machtige zwaai in veiligheid worden gebracht, zoals een vader zijn dochter optilt en haar vriendje haar later over de drempel moet dragen.

Andy, die toch echt naar haar heeft gekeken, vindt zij niet sterk genoeg; gek, dat ze zich eerst zo op hem heeft verkeken. Ze was direct gaan twijfelen toen hij zei dat hij verliefd is geweest op zijn eigen zuster. Vooral nadat hij foto's liet zien waar hij zelf als vrouw verkleed de lens in tuurt. Het was weliswaar een foto van een studentenfeest, maar waarom nam hij nu juist de gedaante van een vrouw aan? Waarom niet gekleed als een gedecoreerde keizer in wit uniform met een gekleurde sjerp?

Alice voelt zich eenzaam. Zij is nauwelijks in staat verder te lopen en blijft een poos op een steen mijmeren, denkend aan regels van een dichteres over wie zij op school iets heeft moeten schrijven. Regels die haar nu niet te binnen willen vallen, maar de sfeer die het haar gaf des te meer.

Alice loopt langs een diep ingesleten gedeelte waar de oevers hoger zijn, zij kijkt omhoog en ziet verticaal in de bomen een blauw Fiatje hangen. Opgewonden klautert zij tussen de dichte begroeiing vrij steil naar boven. Enkele meters voor de auto ziet zij een glinsterende gesp in het gebladerte liggen. Zij raapt hem op, ze trekt een leren schoudertas mee omhoog. Ze kijkt er vluchtig in, neemt er papieren uit, die zij met hartkloppingen doorbladert. Zij ziet de foto van Chad op een identiteitskaart met de naam *Dann Occonna*. Ze verstopt de geplastificeerde kaart in haar onderbroek, bladert verder en ziet brieven uit Miami en Amsterdam.

Alice besluit de auto te onderzoeken en klautert verder omhoog. Bij de auto, waarvan de deur openhangt, ziet zij een arm uitsteken, ze denkt even een arm van een lijk te zien, van Adrian. Kan niet zo zijn. Van de vriend van Salvatore? Ze schrikt hevig. De nieuwsgierige opwinding wint het van haar impuls om weg te vluchten. Van dichtbij is goed te zien dat de arm niet in staat van ontbinding is. Vanuit haar ooghoeken meent ze een tatoeage van een schorpioen te zien, wat het beeld ook voorstelt, het maakt haar angstig. Alice realiseert zich dat deze gespierde arm dus niet van het slachtoffer kan zijn, waar Salvatore het over heeft gehad. In een fractie van een seconde, waarin zij dit tafereel tot zich door laat dringen, weet zij dat zij in een val is gelopen en in doodsgevaar kan verkeren.

Zij kijkt om zich heen, ze verwacht een aanvaller die haar in tweeën zal hakken. Ze weet ook wel dat het beeld dat ze voor zich ziet, haar niet zal overkomen. Toch dringt het zich aan haar op. Ze staat als aan de grond genageld, wegrennen is onmogelijk. Ze moet opnieuw naar de auto kijken, de arm is nu verdwenen. Alice gilt met alle kracht alsof zij haar wil tot leven en haar angst te sterven, samen laat vallen in een oerschreeuw.

Een moment later staat de jongen wijdbeens op de auto, springt er af en komt bij de voeten van Alice neer. Salvatore heeft wijde pupillen en verlamt haar van schrik. Hij pakt zonder zijn blikrichting te veranderen een touw met blinkende scheermesjes. Met precisie vliegen de scheermesjes voor Alice' gezicht langs, zij kent de regels van de vechtsport Nunchaku-do niet. Koud zweet parelt van haar voorhoofd af, het zout bijt in haar ogen. Zij deinst, al tastend en aan takken houvast zoekend, achteruit. Salvatore volgt haar langzaam zonder de afstand te verkleinen. Alice probeert met haar ogen overwicht te krijgen op de beheerst-dreigende jongen.

Zij boort alle haat die zij voelt in zijn ogen, laat zich achterovervallen, neemt een koprol in de begroeiing, rolt verder door naar beneden en springt de laatste meter op de grond. Zij is terug bij de oever. Net als zij meent weg te kunnen komen, springt Salvatore op een grote steen voor Alice en blokkeert haar. Het moment is voorbij, weet Alice. Zij ademt op slag rustiger.

'You know about the killing,' zegt hij koel.

'Ik zweer het, ik loop naar Olivetta en zie die blauwe auto en denk aan jouw vriend en ging kijken. Ik vond deze tas.'

'Geef hier.'

'Oké.'

Salvatore doet een greep in de tas en bladert met duim en wijsvinger als een douanebeambte de papieren door. 'Is dat alles?'

'Ja, natuurlijk, ik had het je willen geven zodra ik je zou zien. Je maakt me aan het schrikken. Hier alsjeblieft, deze papieren betekenen niets voor me.'

'Er ontbreekt een aanwijzing. Ik móet weten wie die bestuurder was.'

'Lees de brieven dan rustig door, die zijn toch aan iemand geadresseerd.'

'Jij begrijpt het niet of juist wel?'

Salvatore komt opnieuw dreigend op Alice af maar nu zonder overtuiging, zo beleeft Alice het tenminste. Hij begint weer met zijn kunstgrepen. Zij is niet bang meer, eenmaal is zij hem met haar ogen te sterk gebleken, toen perste zij alle haat uit haar hersenen en kon ze wegkomen. Nu zal zij ook kunnen ontsnappen.

Zij wil die bastaard liever niet achter haar rug hebben en kijkt hem opnieuw doordringend aan. Zoals een vlinder op één moment onzichtbaar is en even later haar volledige schoonheid kan laten zien, zo plotseling voltrekt zich een glimlach op haar gelaat met een sidderend rechterooglid.

Salvatores scherpte verslapt verder, hij pakt zijn Nunchaku-stokken verkeerd over en snijdt zich diep in zijn schouder. Hij schrikt van zijn fout, stoot een scheldwoord uit en probeert zijn concentratie te herwinnen, pakt weer verkeerd over. Als door het dolle heen slaat hij zichzelf nu, zo ziet Alice het, doelgericht. De mesjes kerven diep in zijn lijf, bloed sijpelt in straaltjes langs zijn lichaam.

Alice struikelt en valt in onmacht achteruit neer. Zij kon niet weten dat Salvatore, die nog in de pose van een triomfator naast haar staat, zich al de verliezer voelt. De hand die haar had kunnen doden houdt hij boven haar. Hij scheurt de blouse van haar lijf en buigt zich over Alice die gestrekt ligt, heen. Bloed vloeit uit de vele snijwonden, Salvatore laat het op haar lichaam druipen. De druppels vallen als warme regendruppels op Alice' lijf. Ze heeft haar ogen gesloten en is wit weggetrokken.

Commando's

Carla en Elisabeth zijn terug van Olivetta waar zij zijn geweest om boodschappen in te slaan. Ze hebben in winkeltjes en op terrasjes, waar het lokale nieuws de ronde doet, hun oren te luisteren gelegd. Ook rondgevraagd bij onder andere een garagehouder en politie die even stilstond om een bekende zijn glinsterende motor te showen. Niemand heeft iets vernomen wat met de verdwijning van Adrian te maken kan hebben.

Quasi opgewekt als ze, gezien hun zorgen, kunnen zijn, lopen zij dezelfde kilometers traag terug. Alsof zij zo hun ongerustheid aankunnen. Onderweg zien zij auto's met Nederlandse nummerborden, die zij niet herkennen, geparkeerd staan. Het hoeft niets te betekenen, vakantiegangers huren 's zomers huizen en zijn na een paar weken weer vertrokken. Nieuwe vakantiegangers met andere nummerborden verschijnen 's zomers in het vlakke deel bij de brug.

Hier kabbelt het water rustig voort. De knik in de loop van de rivier daar lijkt de berghelling mee omhoog te nemen, alsof de rivier de stand van de bergen bepaalt en niet andersom de bergen het verloop van de rivier.

Ze besluiten vanaf de brug, soms in bijna stilstaand water, naar de ruïne terug te lopen. Het waden door het water en het uitzoeken van de ideale looplijn tussen de stenen door, stelt hen op een of andere manier gerust, ze hebben dit deel al zo vaak gelopen, ze kennen het geluid. Het oude gevoel wint het even van hun ongerustheid. Zou je het beeld omlijsten, dan zie je een romantisch schilderijtje met als titel: 'In dit paradijs is niets aan de hand'.

Elisabeth houdt het er nog steeds op dat Adrian door de assen van zijn aanhangwagen is gezakt en deze ergens aan de kant van de weg heeft gezet. Daarna is hij met zijn auto verder gereden naar Antonio's huis en met Antonio naar de politie gereden voor het invullen van formulieren en vervullen van formaliteiten. Adrian is natuurlijk vanwege het late uur blijven slapen. Zij houdt niet van sombere bespiegelingen die nog niet aan de werkelijkheid zijn getoetst.

Carla reageert terughoudend: 'Kan zijn, het klinkt niet meteen onlogisch, ik weet het niet, ik heb mijn twijfels.'

Het gesprek gaat al snel over op de Amerikaanse studenten. Zij vindt op de een of andere manier Andy en Chris wel echte studenten, misschien vanwege hun jongensachtige uitstraling die onbezorgde studenten met ruime ondersteuning van hun ouders zich kunnen permitteren. Dave daarentegen is een typische noeste werker, een arbeider, en Chad is gewoon eigenaardig. Deze twee gaan nooit een buitenissig dispuut met elkaar of met anderen aan, zoals Chris. Ze maken ook geen grapjes. Ze zijn krachtiger gespierd en vooral Chad is altijd op zijn hoede.

'Ze zijn wel aardig,' zegt Elisabeth ter verdediging. Zij beseft niet dat deze twee jongemannen in haar droom voorkwamen. 'Maar ze zijn wel anders dan normaal,' geeft ze toe.

Het gesprek gaat eindeloos over iedereen en over van alles en nog wat. Zowel over kritiek op hun ouders, de aanpak van Adrian, 'het kan toch veel efficiënter?' en andere topics. Zij passen de klanken van hun gesprek aan aan het geluid van de rivier. Zij keuvelen door over ergernissen van alledag om op die manier hun ongerustheid niet te hoeven voelen.

In de kromming van de rivier zien ze Salvatore als een beeld voorovergebogen op een steen zitten. Behoedzaam komen ze dichterbij. Ze zien voor de voeten van Salvatore het door het bloed roodgekleurde lichaam van Alice liggen. Hij ondersteunt zijn hoofd met beide handen, als een filosoof die zijn hoofd gevuld heeft met beton en niet meer kan denken. Hij maakt een wegwerpgebaar, steunt met de ellebogen op zijn knieën en staat moeizaam op. Salvatore laat met slap neerhangende armen zijn gekerfde lichaam zien. De wonden waar nog bloed uit sijpelt vertederen hen. De eens zo stoere gast probeert een dreigende houding aan te nemen. Hij zet zijn borst op maar blijkt al te zwak te zijn om te kunnen imponeren.

Het overdonderende geluid van de rivier, met de echo van de oevers, maakt dat Elisabeth en Carla niet meteen de schoten horen. Ze zien Salvatore met kogels doorzeefd worden. Hij slaat achterover zoals ze van de film kennen. Het heldere water kleurt rood met zijn bloed, de kleur wordt verdund, het water stroomt langzaam naar de vriendinnen.

Beiden zijn in een oogwenk bij Alice die languit in het water ligt. De vriendinnen menen te zien dat ze dood is, ze trekken aan haar armen en slaan op haar gezicht om het leven weer op te wekken. Alice doet traag haar ogen open en kijkt op een hemelse manier omhoog. Ze meent grote vlinders te zien, in plaats van de deltavliegers die met felgekleurde vleugels vanuit de hoogte met scherp schieten. Ze meent in de hemel te zijn. Ze merkt haar vriendinnen niet eens op.

Plotseling hervat de kogelregen en ketsen kogels op de keien rondom het levenloze lichaam van Salvatore. Carla en Elisabeth zijn meteen alert en zoeken dekking achter bomen. Een van de deltavliegers heeft de vleugels ingeklapt en landt in het midden van de doorwaadbare rivier. Hij steekt zijn duim omhoog, waaruit blijkt dat hij alles onder controle heeft. Alice is ondertussen bij haar positieven gekomen en ziet het doorzeefde lichaam van Salvatore. De deltavlieger blijkt een Amerikaan te zijn. Vriendelijk maar beslist gebiedt hij hen door te lopen, wat zij schoorvoetend doen, alsof zij door elastiek worden vertraagd.

Zij kijken steeds om naar Alice, die op een grote steen midden in de rivier is neergelegd. Een van de deltavliegers houdt hen met een geweer in de aanslag onder vuur om afstand te bewaren. Twee andere onderzoeken de plaats delict en kijken rond alsof zij vijanden uit het bos verwachten.

Chris en Andy komen aanhollen, ze lopen de deltavliegers straal voorbij en kunnen geen woord uitbrengen. Bij het zien van Alice begint Andy te jammeren als een lam dat haar geschoren moeder niet meer herkent. Een moment later is Ferdinand ook ter plaatse. Hij heeft zijn aantekeningen achtergelaten op de plek waar hij even tevoren nog zijn observaties optekende. Nu wordt hij buiten zijn comfortzone geconfronteerd met de als commando's geklede deltavliegers die uit de lucht zijn komen vallen.

Ferdinand, die al langer spanningen in de groep waarnam, heeft dit 'grote mensen libellenspel' niet voorzien. Hij snelt naar Alice, boetseert met beide handen haar gelaat waar weer vorm in komt en kust haar bebloede lijf. Hij voelt haar hart tegen haar ribbenkast slaan. Ze leeft en hij wil haar in zijn armen meenemen.

'Leave her here sir', beveelt een van de commando's.

Ferdinand, dol geworden van schrik en opwinding, voert met een explosie van al zijn kracht de kick uit die hij van Tina heeft geleerd. Ferdinand heeft altijd beweerd dat ze beter hard kon gaan werken om bij de maatschap aangenomen te worden, dan doelloos baantjes aan te nemen. Het kickboksen had hij eerder afgedaan als het nutteloos perfectioneren van kracht dat nergens toe dient. Juist deze techniek komt hem nu van pas.

Een tweede commando zet bij hem van achteren een wurgklem aan. Ferdinand zakt instinctief door de knieën en schiet omhoog. De kaakslag die hij de commando met zijn hoofd toebrengt, versuft de man. Ferdinand buigt zijn rechterknie en trekt hem over zijn schouder waardoor de commando op de stenen klettert. Zijn donker gemaakte gezicht wordt door het stromende water schoongespoeld. Het blijkt Dave te zijn.

De twee andere commando's springen uit de begroeiing van de oever en houden hun geweren ook in de aanslag. Ferdinand voelt zich onschendbaar, staat met zijn borst vooruit als een beer wiens jong wordt aangevallen. Hij rukt het wapentuig van Salvatore uit diens handen en gooit het met een trots gebaar weg, geeft daarmee aan dat hij schieten zinloos vindt. Chris en Andy zijn samen met de andere bewoners van de kleinere huisjes in het dal ook toegeschoten en staan met een ontwapende edelmoedigheid tussen Ferdinand en de commando's. Ferdinand tilt zijn dochter op. Een commando loopt dreigend op hem af.

'Go to hell, Chad.' Ferdinand keert hem onbevreesd zijn rug toe. Alice ligt als een lappenpop in Ferdinands armen, als een baby die door de vader naar de doopvont wordt gedragen, als een bruid die door het middenpad naar het altaar wordt geleid, als zijn dochter die uit de dood is opgestaan en nog niet kan lopen.

De aanwezigen volgen vader en dochter door een gemaaid korenveldje. Ze lopen langs een wijngaard onder zilvergroene olijfbomen via het smokkelpaadje, onder de boog van Rosario's huis door richting het pleintje Cavour. Hier liggen dorre bladeren in de hoeken, opgewaaide zaadjes en stof dat wegens de hitte, de allesdoordringende drukkende hitte niet meer opwaait; waar het gekmakend zaaggeluid van krekels dat hen over de velden heeft begeleid, afzwakt en de bloeddorstige muggen in trage golvende bewegingen hun prooi verlaten.

Ferdinand scheurt zijn tricot in stukken en spoelt het gestolde bloed op zijn dochters huid onder de dorpspomp af. Zij kijkt als een herboren kind de omstanders verbaasd aan.de carabinieri uit Ventimiglia, die inmiddels per helikopter op de plaats delict zijn gearriveerd, ondervragen bruut hun collega's uit Olivetta, die kennelijk van geen actieplan op de hoogte waren, naar het hoe en waarom van dit drama. 'Porco madonna,' zegt een van hen bij het zien van Salvatores lijk. Met zijn dood is een schakel weggenomen tussen samenwerkende familieclans, waardoor het oplossen van de criminaliteit bemoeilijkt zal worden.

De commando's hebben zich op Piazza Cavour bij de carabinieri gevoegd en kijken toe hoe Ferdinand het roestbruin gekleurde lichaam wast en Alice' zuivere huid weer zichtbaar wordt.

'Mama mia,' stamelt de chef. 'Que bella.' Hij is zijn aanvankelijk overwicht aan het verliezen in bewondering voor de maagdelijke jonge vrouw, voor het roestrode beeld dat levend wordt.

Alice kijkt hem aan en vraagt: 'Waar is Lotte?'

Alice wordt door haar vriendinnen ondersteund, ze wordt teruggebracht naar de ruïne. Onderweg zien ze hoe het lichaam van Salvatore naar de helikopter wordt gedragen. Het gevaarte verdwijnt en heft zich met veel turbulentie op. Met een tikkend geluid verdwijnt het metalen beest achter de bergen.

De vriendinnen leggen Alice op bed onder de klamboe en hullen zichzelf ook in het zuivere wit. Ze gaan tegen haar aan liggen om haar lichaamswarmte te geven.

Catherina is naar de carabinieri gestapt. Ze klopt een agent op zijn schouder en eist opheldering over wat dit criminele gedoe te betekenen heeft, waar Adrian zit, wat hun plan is geweest en waarom zij niet is ingelicht over de kennelijk geplande actie. Woedende vraag na woedende vraag. Catharina is geen vrouw die met zich laat sollen. De lippen van de gezagsdragers zitten op slot.

Lotte sust, door te zeggen: 'Catherina, je krijgt nu toch niet de juiste informatie. We zijn wel in Italië. We zijn in een verhaal betrokken geraakt, we weten niet in wat voor een verhaal. We moeten de autoriteiten nu niet tegen ons in het harnas jagen. Dan vertellen ze ons óók niets, zodra ze weten wat hier aan de hand is.'

Een van de carabinieri verstaat de Nederlandse taal niet, maar kennelijk wel de strekking en sluit zich bij Lotte aan door zijn schouders op te halen. 'Niemand mag het dal verlaten.'

'Als jullie Adrian niet binnen twee uur hebben gevonden ga ik zelf op onderzoek uit, dan trek ik alle registers open.' Haar Italiaans is duidelijk genoeg. Catharina dreigt stampvoetend de consul te bellen.

De carabinieri zijn onverbiddelijk. Ze mogen alleen met permissie hun noodzakelijke boodschappen halen in Olivetta en moeten verder in hun huizen blijven. Ze handelen alsof kennis over deze ramp een besmettelijke ziekte is waarover zij de controle kunnen verliezen.

De jongedames liggen als een marmeren beeld verstrengeld in de kamer met de nis waarin Maria ontbreekt. Catherina heeft haar woede bekoeld door alle spullen van Dave en Chad uit het raam te gooien. Ferdinand zit hoofdschuddend gebogen over zijn papieren, hij zal een voorlopige analyse maken, Lotte ruimt op en Chris en Andy zoeken hun spulletjes bijeen en wachten onder de appelboom op wat komen gaat.

Catherina loopt met gebalde vuisten getergd rondjes vanwege het feit dat haar informatie is onthouden, ze is uitermate nijdig en ontvlambaar. Haar ogen schieten vuur zoals op geen enkel schilderij ooit vastgelegd kan worden.

De ontdekking

Het marmeren beeld ontwaakt en komt, met het verleggen van armen en benen, het strekken van nekken en ruggen, traag in beweging. De drie jonge vrouwen komen uit hun verstrengeling. Zij klampen zich in de klamboe aan hun opgetrokken knieën vast. Met slaapogen gaat hun dag beginnen. Gezucht. Samen zijn ze ondergedompeld geweest in de nachtmerrie van Alice. Het langzaam ontwaken op deze nieuwe dag heeft de lading verminderd. In een verlichte geestestoestand begint ze aan haar verhaal.

'Ik was niet bang, ik wist dat hij mij niets kon aandoen.' Ze kijkt haar vriendinnen aan om te zien of die haar geloven, daar komt ze niet achter, ze ziet afschuw en verbazing.

'Ik zag je zo liggen en dacht echt dat je er geweest was, je zat onder het bloed.'

'Ha, het was niet mijn bloed.' Het valt even stil.

'Ik kan me niet voorstellen dat die jongen dood is,' rilt Carla. 'Hij lag zo afwezig te zijn, hij leek wel in trance. Maar dood?! Ik heb nog nooit eerder een dode gezien. Van die kleine kogelgaten. Daar ga je toch niet dood van?'

Haar vriendinnen reageren verschrikt, alsof zij de zwaarte van het drama van gisteren zijn vergeten en die nu alsnog als lood op hun schouders valt. De vrees voor een mogelijke dood van Adrian die een nacht uit hun gedachten is geweest, komt terug en verdwijnt ook weer.

'Ik begrijp er niets van. Waar kwamen die deltavliegers ineens vandaan? Ik heb het gevoel dat wij in een verkeerde droom terecht zijn gekomen.'

'Ik droomde toch eerder al over een rivier die rood van bloed kleurde,' zegt Carla. 'Was mijn droom een voorbode voor Salvatores dood? Is zijn dood aan mij te wijten? Al weet ik niet hoe. Zeg alsjeblieft, ben ik schuldig?'

"Ik wist vanaf die dag, toen ik die schorpioen doormidden hakte, dat de natuur terug zou slaan, ik kon alleen niet voorzien hoe. Deze aanslag heb ik niet zien aankomen. Ik weet niet eens of de natuur haar reactie nu al heeft gegeven.'

Elisabeth merkt hoe de zussen blijven kleven aan vage schuldgevoelens om een verklaring te vinden voor het drama. Ze houdt niet van irrationele bespiegelingen. 'Volgens mij moet je het los van elkaar zien.'

Alice schudt haar hoofd.

'Laten we het even op een rijtje zetten. Carla droomt van een bloedrode rivier. Twee van de Amerikanen blijken met de carabinieri samen te werken. De zogenaamde metselaar van die zanger moet met zijn deltavlieger de locatie hebben bestudeerd. En jullie vader? Wie zit nou dagen achtereen het vluchtgedrag van libellen te bestuderen en een paar dagen later dalen de namaaklibellen af uit de lucht.'

Carla reageert verontwaardigd. 'Ferdinand kan er niets mee te maken hebben, hij is wel mijn vader, ja. Hij had ons bij gevaar zeker gewaarschuwd.'

'Ik vroeg Ferdinand of het verstandig is weer contact met Andy te maken,' zegt Alice. 'Hij raadde het af. Hij zei: "Andy is nu een dichter, het is beter dat ie een dichter blijft dan dat hij een stap verder in zijn idiote wereld zet en een dwaas blijft. Zodra jij een relatie met hem begint zal hij een volgzaam schaapje worden." Mijn vader beschermt ons juist.'

'De één is gek geworden, de ander is dood.'

'Zeg dat niet, Elisabeth, je suggereert dat ik dood en verderf zaai, terwijl ik liefde zoek, eigenlijk meer vriendschap. Misschien ook wel liefde. Oprechte liefde.'

'Goed, snap ik. Waarom moet dit drama juist bij ons gebeuren? Het moet toch een betekenis hebben? Het komt niet zomaar uit de lucht vallen?'

Carla kijkt peinzend voor zich uit.

'Het? Wat is het? Het móet niet gebeuren. Wat gebeurt, gebeurt. Het heeft allemaal een eigen reden. Stel je voor dat bij elke beginnende verliefdheid een jongen dood moet gaan. Kun je even uitrekenen?'

De drie-eenheid wordt door emoties overvallen. Door de terugblik op het drama komt de dood van Salvatore ineens heftiger hun bewustzijn binnen. Het gesprek herneemt evenwel haar loop, als de rivier die na een bocht aan het zicht wordt onttrokken en verderop weer glinsterend te zien is.

Even later begint Carla opnieuw, zij houdt voet bij stuk dat dood niet in liefde past. 'Nee, Salvatore ging niet gewoon dood, door afsterving zeg maar. Zo'n dood was dit niet, dit was een dood van jong bloed, de dood van de jeugd.'

Elisabeth is weer de rationele reddingsboei.

'Salvatore betekent toch redder?' Elisabeth knikt.

'Had hij mij willen redden? Waarvoor? Waartegen? Waarom doet hij dan in hemelsnaam alsof hij mij wou doden?'

Elisabeth is aan het nadenken over de symboliek van besprenkelen met bloed. Ze weet zeker dat ze iets vergelijkbaars over het doden van oude koningen van stammen in Afrika heeft gelezen. Het heeft te maken met de overlevering, dat het bloed van de koning de aarde vruchtbaar kan maken, zoiets. Ze vindt het te ingewikkeld om uit te leggen.

'Denk jij dat hij jou had willen ombrengen?' Carla kan het zich niet voorstellen, maar de mogelijkheid ook niet loslaten.

'Salvatore wist dat hij mij niet kon doden. Ik was eerder al sterker dan hij. Salvatore had geen macht over mij. Dat wist hij.'

'Je viel wel flauw,' zegt Carla.

'Dat kan een reflex zijn waardoor de aanvaller wel moet stoppen, dat komt in de dierenwereld ook voor, waarom dus niet bij de mens,' aldus Elisabeth, die haar aangedane vriendin te hulp schiet.

'Salvatore was op zoek naar de moordenaars van zijn vriend, hij wou mij helemaal niet doden. Hij dacht dat ik er wat van af wist omdat ik bij die auto nieuwsgierig liep te snuffelen. Ik vond een tas. Verdomme, die heeft hij van mij afgepakt.'

'Een tas?'

'Ja, een tas met een mooie gesp, die ik tussen de bladeren zag glinsteren. Ik heb er een geplastificeerd kaartje uit genomen, dat herinner ik me nu pas weer.' Alice gaat staan en trekt het kaartje, wat een identiteitskaart blijkt te zijn, uit haar onderbroek vandaan en bekijkt de foto.

'Dat is Chad!'

'Laat zien. Ja, dat is Chad, duidelijk. Alleen zijn naam klopt niet. Er staat Mac Dannocco. Dat is geen Filipijnse naam, dit klinkt eerder Iers of zo.'

Het dringt tot hen door dat Chad iets te maken kan hebben met de dood van Salvatores vriend.

'Salvatore had het over een grote zaak. Zag je de carabinieri uit Ventimiglia? Die agenten van de politie uit Olivetta wisten van niets. Chad en Dave moeten undercover-agenten van de Amerikaanse DEA zijn. Salvatore heeft zich willen wreken door Chad uit te schakelen door hem een codenaam te geven of zo. Salvatore is waarschijnlijk helemaal geen redder maar een handlanger van zijn vermoorde criminele vriend, dat is mijn conclusie.' Carla klinkt beslist.

'Salvatore geen redder? What's in a name…'

'Elisabeth betekent toch huize Gods, Beth betekent huis en El God?'

'Ik weet het niet, we kunnen het aan Hermon vragen.'

'Daarom stond Chad dus al die tijd te loeren, hij verwachtte een hinderlaag en wilde samen met Dave Salvatore zelf uitschakelen.'

'Chad en Dave moeten inderdaad undercover-agenten zijn, al vanaf het allereerste begin, waarschijnlijk al vanaf de selectie op Carleton.'

Puzzelstukken vallen in elkaar: de tocht naar de bergen, de vreemde verhalen aan tafel vol met toespelingen, omkeringen en verwijzingen. Zij voelen zich als vuurvliegjes in een web gevangen, niet bij monde de anderen juist in te lichten en van hun vondst op de hoogte te stellen.

'Dan is Adrian waarschijnlijk gegijzeld,' oppert Elisabeth bitter. 'Hij wist vast meer, hij was zo prikkelbaar de laatste tijd.'

'Wij zullen het moeten doen met de aanwijzingen waarover wij beschikken. Geef het kaartje eens.'

'Mac Dannocco moet een codenaam zijn, denk je eens goed in, heb je ooit zo'n naam gehoord? Denk na. Iers is anders. Welsh is het ook niet. Zullen we Catherina erbij halen?'

'Nee, absoluut niet, die is nog steeds in alle staten, moet je haar horen. Die gaat echt uit de bocht. Catharine schold, onwetend als ze nog was, ook op Chris en Andy. Zij gooide hun kleren met die van de andere twee van het erf naar beneden, zo de rivier in.'

'Ze is nu te overstuur, we moeten rustig blijven, anders gaat Adrian er ook nog aan.'

Catherina, die niets van hun gesprek heeft opgevangen, roept dat zij met Ferdinand en Lotte inkopen gaat doen, ze houdt het hier, in en om de ruïne, niet meer uit. Ze voelt zich opgesloten. Het drietal tart hiermee de instructies van de carabinieri.

'Blijven jullie hier?' Catherina, die de kamer binnenkomt, ziet haar dochter zitten en voelt aan haar water dat haar aanwezigheid onwenselijk en storend is.

De meiden kijken haar stuurs aan. 'Natuurlijk.'

Catherina weet dat ze alweer in hun intieme sfeer is binnengedrongen en slaat haar ogen ontwijkend neer. Catherina, Ferdinand en Lotte vertrekken haastig zonder te groeten.

'Ik denk dat die naam op de kaart een codenaam is voor een criminele actie waarbij in ieder geval Chad moest worden uitgeschakeld. Die code moeten wij kraken.'

Alice glijdt bij tijd en wijle terug in de overweldigende ervaring die haar is overkomen. Hoewel zij dit ontkent, is het van haar gezicht af te lezen. Zij kan haar aandacht niet bij het gesprek houden. Ze staart haar vriendinnen, als vanaf een andere planeet, aan.

'Ik blijf maagd, voor mij hoeft het niet meer.'

Carla en Elisabeth horen de zachte stem van Alice niet.

Carla schrijft de naam *MAC DANNOCCO* in hoofdletters op een vel papier en knipt de letters afzonderlijk los. Elisabeth onderzoekt welk woord kan ontstaan bij verschuiving van de letters naar voren, naar achteren, met intervallen van één of meerdere letters.

Alice doet niet mee en herhaalt dat zij maagd wil blijven. Alle logica ten spijt voelt zij zich toch verantwoordelijk voor de gekte van Andy en de dood van Salvatore. Ze wil nooit meer een glimlach van een jongen beantwoorden.

Elisabeth boekt geen resultaat met het maken van letters tot woorden en stapt over op jaaraanduiding met Romeinse cijfers. Zij komt tot ANNO MDCCC, het jaar 1800, maar blijft zitten met een 'A' en een 'O' en ook met 'ANNO'. Gewoonlijk wordt de tijd aangeduid met 'AD', 'Anni Deo'. Met een teleurgesteld gebaar geeft zij haar poging op. De enige associatie die zij kan maken is met het mogelijke bouwjaar van het witte kerkje. Zij belooft het later via het internet op te zoeken. Nu is actie nodig.

Carla komt niet verder dan MONACO, waar zij vorige week het maritiem museum had bezocht. Ze had bizar uitziende opgezette vissen gezien met glazen, starende ogen, ze gruwde ervan, ze kreeg kippenvel.

'De resterende letters kunnen ook als volgt gerangschikt worden: 'AD MONACO COCAN', Bij Monaco Cocaïne.' Elisabeth haalt opgelucht adem. Uitgeput door haar mentale inspanning, schrijft zij het op en vleit haar hoofd op de dijen van Alice die nog recht voor zich uit staart en in trance mompelt dat zij maagd wil blijven maar wel kinderen wil, zonder gedoe met gek worden of doodgaan.

'Dat is de onbevlekte ontvangenis.' Elisabeth springt op.

'Ja, Madonna. Dat is het, het is de Madonna. Kijk, 'Madonna Cocaco', dat betekent 'Madonna Cocaïne Corporation. Alle aanwijzingen wijzen in dezelfde richting.'

Knap van de jongedames, die geen weet hebben van het gegeven dat alle beginletters van Mozart, Mahler, Calypso en andere cultuurdragers tijdens het bijzonder diner in Saorge in het cultureel gesprek al zijn genoemd, waarmee bewezen is dat ook een gesprek een onbewuste heeft.

Onderweg naar de oplossing

De weg van Ventimiglia naar Menton heeft de delta afgesloten van de zee. De ontstane drooggevallen vlakte is de eerste kilometers inwaarts volgebouwd met nu alweer gedateerde fabriekjes en bedrijven. Autokerkhoven met Fiatjes 500 zijn getuigenissen van de economische bloeiperiode van na de Tweede Wereldoorlog. Opslagplaatsen voor bouwmaterialen, waar Adrian vaak zijn ronde doet, zijn tekenen van een nieuwe tijd. Aan de ordeloos gerangschikte gebouwen is niet af te lezen dat ondernemers talloze bureaucratische hindernissen hebben moeten overwinnen alvorens zij met bouwen mochten beginnen. Dezelfde hindernissen gelden zo te zien ook voor het opruimen van die roestkleurige bergen die jaar in jaar uit blijven liggen.

Ferdinand heeft in Ventimiglia in een kelder een viswinkeltje ontdekt en kilo's sardines voor weinig geld gekocht. Hij is klaar met zijn opdracht. Lotte en Catherina zijn samen voor de nodige afleiding gaan winkelen. Zij turen in de etalages en lopen door. Ze horen het kalme ruisen van de zee. Met Ferdinand hebben ze afgesproken elkaar op de terugweg bij de ijssalon van Aureole weer te treffen.

Enkele dagen eerder heeft Adrian, in een golf van enthousiasme over het regendicht maken van een dak, in Aureole iedereen op een coupe ijs willen trakteren. Het in de avond verlichte pleintje, met zijn abrikoosgeel gesausde kerk en omringende huizen met witte klassieke tierlantijnen, kan een geschikt decor zijn voor een openluchtopera. Een liefdesdrama als in 'Madame Butterfly' van Puccini is niet aanwezig.

Iedereen is bezig met maar één vraag: Waar is Adrian? Nu, rond het middaguur, zijn alle nuances in kleuren door het felle zonlicht overbelicht, de kleurverschillen zijn verdwenen. Nu is het ofwel hel licht of donkere schaduw. Het terras in de volle zon is verlaten.

Op het moment dat Ferdinand de deur van de salon open-doet, ziet hij beide dames vanuit een middeleeuws straatje uit de schaduw komen aanlopen.

Catherina doet haar verhaal: 'Adrian is niet bij Antonio geweest.' De timide echtgenote van Antonio vertoont in het bijzijn van hem weinig mimiek, ze zegt nooit veel. Antonio kwam later thuis. Het duurde nog een hele tijd voordat hij zijn raadselachtige zinnen, die alle kanten opgingen, uitsprak tegen zijn aandachtige eega, die de essentie ervan mocht herleiden. Ongerust had Antonio zich niet getoond. Hij beschikt ook niet over vocabulaire voor het uitdrukken van angst.

Eenmaal in de cafetaria blaast Catharina beduusd in haar espresso en loert via de spiegel of Ferdinand een ongeruste blik in z'n ogen heeft. Ferdinand is bang dat zijn vis in de hitte in zijn auto bederft. Hij stelt voor om na een ijsje naar het café van Franco te gaan, dat tegenover het oude stationnetje van de negentiende-eeuwse spoorweg ligt. Het ligt niet ver voor de haarspeldbocht die van de weg naar Tende afbuigt naar Olivetta. Bij Franco komt iedereen uit de buurt zijn koffie en drankje halen.

Zo gezegd, zo gedaan. Franco heeft naast Italiaanse plastic prullaria in zijn zaak Afrikaanse ebbenhouten beelden staan. Hij laat de gebruikelijke mengeling van kwelling en goedmoedigheid zien op zijn door dienstbaarheid getekende gelaat. Vooral van grote vermoeidheid. De voortdurende wisseling van klanten, die meestal luid hun verhaal doen, maakt een professionele desinteresse noodzakelijk om in deze hitte niet overprikkeld te raken. Hij reageert traag en slaperig alsof hij zelf lijdt aan een Afrikaanse slaapziekte.

Adrian denkt goed bevriend te zijn met Franco en deze heeft inmiddels van diens verdwijning vernomen. Franco maakt zich net als Antonio geen zorgen, ook al zou hij daarvoor de energie gehad hebben. Tussen neus en lippen door adviseert hij, na wat gepeins, terug te gaan naar Aureole. Hij zegt het onopvallend en bedient in één beweging de wegwerkers, die de hellingen met gaas bedekken om het neervallen van stenen te voorkomen.

Gedrieën lopen zij de hitte weer in, het zonlicht spat op hun hoofden uiteen. Ze stappen de auto in die nu zo heet is als een oven, met het doel Franco's advies op te volgen en naar Aureole terug te gaan. De ingehouden woede van Catherina, de bezorgdheid van Ferdinand over de sardientjes die hij meezeult in een plastic zak, en Lotte die het niet heeft van de hitte, elk van hen heeft een eigen probleem, bij elkaar gehouden door gemeenschappelijke ongerustheid over Adrian.

Op de smalle strook berm bij het benzinestation van 'Agip' aan de kant van de rivier, ongeveer tegenover het café van Franco, ziet Lotte Adrians auto staan met de neus stroomopwaarts gericht. Adrian kan hier niets anders mee bedoeld hebben dan dat zij stroomopwaarts moeten lopen. Een briefje onder de raamwisser bevestigt het vermoeden. Ze lopen naar de lager gelegen, met Europees geld aangelegde weg naar de Fiume Roya. Even verder stroomopwaarts is naast de rivier, waar eens een paradijselijk groen eilandje lag, een werkterrein aangelegd dat nu bezaaid is met de steunpilaren en bouwmaterialen voor een nieuwe weg. Alvast voor de autostrada? Wie zal het zeggen? De pilaren steken hoog boven het weelderige riet uit.

Het drietal vindt de slingerweg en in zestien curven, zo weten ze van de pomphouder, slingert het pad omhoog. Na deze steile klim volgt een tamelijk vlak stuk. Daar moet zich een in de rots uitgehouwen nis bevinden met een Mariabeeld, zegt de 'Agip'-man. Een scheef hangend houten kruis met een bronzen Christusbeeldje geeft de richting aan waarin ze moeten lopen.

De nis wordt gevonden, de open zijde is naar het dal gekeerd. Maria en kindeke Jezus hebben een wijds uitzicht over de paradijselijke vallei. Ferdinand buigt zich om de rotspunt heen om het binnenste van de holte te onderzoeken. In de mediterraan blauw geschilderde nis is een omgekeerd wit etensbord als plafond ingemetseld. Daaronder staat een amberkleurige Maria van plastic. Waarom zou plastic ook minder heilig zijn dan hout of steen. Van deze versie van Maria moet ooit een mal zijn gemaakt, stel dat er tienduizenden van zijn verkocht. Toch een gebrek aan devotie, denkt Ferdinand met zijn protestantse achtergrond. Als je per se een beeld wilt maken, maak dan een uniek exemplaar.

Hij vraagt Catherina, met haar kennis van beeldende kunst, een blik op het beeld te werpen. 'Wat valt je op?' vraagt hij docerend.

'Wat valt je op? Nou, een beeldje,' antwoordt Catherina kortaf, puffend. Ze veegt het zweet van haar voorhoofd. Zij wil nu niet aan haar professionele kwaliteiten herinnerd worden.

'Zie je niets speciaals?'

'Nee,' antwoordt ze ongeduldig.

'Zie je niet dat Maria een kleine, gekruisigde Christus vasthoudt? Een baby met een stralenkrans kán eventueel, dat is oké, maar Maria houdt hier een al gekruisigd Christusje vast, met roosjes aan z'n voetjes. Heb je ooit eerder zo'n tafereel gezien? Alsof de hele lijdensgeschiedenis, die nog moet komen, al achter de rug zou zijn, terwijl Jezus nog een baby'tje is! Het Bijbelse verhaal is wat tijd betreft vreemd in elkaar geschoven.'

Catherina is in gedachten verzonken en reageert niet. Ze kan geen interesse opbrengen voor zo'n tafereeltje.

'Je bent toch kunsthistorica?'

'Nee, verdorie. Dat denkt iedereen, gewoon historica, alstublieft.' Ze heeft nu eenmaal die uitstraling en schijnt er niet van af te kunnen komen.

Zij wil het pad afdalen dat kronkelend vóór haar ligt om snel meer van Adrian te weten te komen. In een spleetje van een rots ontwaart Ferdinand twee kleine, zwarte eitjes.

'Slangeneieren, want vogels maken een nest.' Hij pakt er één tussen duim en wijsvinger.

Lotte bekijkt het eitje op armlengte afstand, alsof er een duivel uit kan komen.

'Geef maar hier, ik leg ze weer terug. Jij vindt de slang vast een griezelig beest, omdat je beseft dat de mens in wezen goed is en om bijna niets zomaar slecht kan worden. En dus een griezelig wezen is. De slang heeft de mensheid tenminste kennis over goed en kwaad bijgebracht. Wat meer eerbied asjeblieft!'

'Gisteren zag ik er een van twee meter. Hij bewoog zich kringelend op het hete asfalt, keek me aan en verdween in de berm."

'De slang verleidt niet, de mens is verleidbaar,' beweert Ferdinand, die zijn onderwerp niet los wil laten. Hij legt de eitjes terug en ziet in de spleet dorre naalden en karkassen van insecten; glanzende omhulsels, echte, door de natuur gevormde beeldjes. Hij klokt water naar binnen, en voelt zich miskend. Hij overziet zwijgend de vallei. Zijn wijsheden komen alwéér niet over.

Het landschap is afwisselend, de rivier slingert zich meters lager tussen hoge oevers door, met hier en daar een zondichte koepel van bladeren. Ook zijn er open stukken met manshoge keien en bloeiende oleanders.

Wanneer het pad weer naar de rivierhoogte daalt, loop je door kleine moerasachtige stukjes land met ondoorwaadbare gedeelten, die zijn overwoekerd door bramenstruiken. Ze glijden uit, ze lopen schrammen op en zwoegen uren voort.

De schoonheid van de natuur, die Ferdinand zo heeft geroemd, straalt, maar verandert al na een inspannend kwartier zwoegen in een onverschillige wreedheid. Het riviertje in het vlakke stuk is hier omgetoverd in een saai kabbelend stroompje. Vogels zingen boven het geluid uit.

Catharina loopt voorop, zij heeft de leiding. Zij heft plotseling haar hand op en gebaart te bukken en uit het zicht te verdwijnen. Aan de overkant loopt nota bene Andy hun tegemoet, hij zingt: 'I am the king, there are no borders, I am the king, I don't feel pain anymore.'

Ferdinand voelt de impuls hem te roepen. Catherina sist en houdt de vinger op haar mond. Ze wil niet dat er onverwachte dingen gebeuren die het vinden van Adrian kunnen doorkruisen. Ze laten Andy voorbijtrekken, de ziener, de zanger, de afgedwaalde.

Na uren komen zij aan bij een totaal verlaten gehucht met ingestorte daken. De zolders zijn gevuld met oud hooi. Harde droge schapenkeutels liggen rond oude landbouwwerktuigen op de grond. Zomaar uit het niets doemt een beeld op vanuit het armoedige imperium van vroeger, met oude, verwaarloosde olijfbomen, uitgebloeide brem, distels en stenen. Ferdinand wil hier halthouden en een vuurtje maken voor het grillen van de sardientjes. Catherina vraagt of hij 'mataglap' heeft gekregen, of hij gek is geworden door de inspanning en de hitte. Ze had beter kunnen weten, hij is immers zonder problemen rond het middaguur in staat de Col de Brousse te beklimmen. Nee, het gaat hem écht om de vis, die hij niet wil laten bederven, zoiets gaat nu eenmaal tegen zijn principes in en tijdens het eten van vis krijgt hij ook zijn beste ideeën.

'Wat zijn we aan het doen Catherina? Over anderhalf uur komen wij bij het huis van de Argentijn aan, dan is het nog licht. En wat dan? Daar blijven wachten? We kunnen beter in het donker aankomen. Laten we nu even pauzeren.'

Lotte heeft een rood aangelopen gelaat en is moe. Zij voelt wel voor een pauze.

'We moeten fris zijn als wij in Bussaré aankomen.' Ferdinand is beslist. 'Je weet niet wat ons daar te wachten staat. Stel dat we gelijk hebben en Adrian ons de juiste aanwijzing heeft gegeven, dan moeten wij daar in actie komen en nu onze krachten sparen.'

'Het lijkt mij moeilijk om een aanwijzing te geven terwijl hij is gegijzeld,' reageert Catherina koel.

'Adrian wordt niet vastgehouden, die is op onderzoek uit. Hij meent iets te weten wat met de dood van Salvatore te maken kan hebben en wil weten om welke redenen die zogenaamde 'studenten', de twee DEA-agenten, onder zíjn vlag nota bene, de vallei zijn binnengekomen.'

Ferdinand legt een kring van stenen in een open ruïne, sprokkelt hout, spiest sardientjes en tijdens het grillen speculeert hij over Adrian. 'Hij is een aparte man, maar niet gek, Catherina, wees reëel.'

Catherina is aangenaam getroffen door de waardering van Ferdinand voor haar man en blijft tegelijkertijd boos. 'Adrian heeft meer kennis dan ik, dat weet ik wel, maar hij vertelt mij nooit iets, dat zit me dwars. Hij sloot mij buiten. Had ie niet moeten doen. Als hij mij in vertrouwen had genomen, had ik hem nu kunnen redden.'

'Het kan zijn dat hij jou niet in gevaar heeft willen brengen,' oppert Lotte voor wie de tocht te zwaar is, ze puft, haar hoofd is zo rood als een tomaat.

'Laten we wat eten en goed nadenken.'

'Dat ze zomaar een jongen neerschieten." Lotte schudt haar hoofd.

'Wie weet zijn dat ook de besten niet.' Ferdinand weer.

'Het kan zijn, maar een grote actie op touw zetten en dan zomaar een mens neerschieten, dat is raar.' Lotte houdt niet van geweld, wie wel?! Niemand die het met mimiek zo kenbaar kan maken als Lotte, ze gruwt ervan.

'Als Adrian echt wat op het spoor is, gaat het om een grote zaak, dat is duidelijk. Hij weet meer, die gaat niet over één nacht ijs. We moeten behoedzaam handelen, dat is een absoluut vereiste.'

Al etend komt Catherina ook tot kalmte. 'Kennelijk weet Adrian wel wáár maar niet wát er gaat gebeuren. Wij weten van de liquidatie van die knaap, van de politie, van Dave en Chad. Weet hij dat ook?'

'Ik ben het met je eens. Hij was er niet bij en weet mogelijk van niets. Maar de hellingen hebben oren. Hij beschikt kennelijk over aanwijzingen, laten we daarvan uitgaan.'

Verder dringen ze niet door in het mysterie van de verdwijning van Adrian en verorberen een groot deel van de vis.

Bij het weggaan uit de verlaten ruïne, zien ze plotseling een in lompen gehulde man tegen een scheefgezakte deurpost leunen. Hij heeft een grijze baard en de paar bruine tanden staan scheef. Hij ziet eruit als een profeet die niet met woorden voorspelt maar met zijn gestalte. Hij kijkt het drietal vorsend aan. Alle drie krijgen zij het idee heiligschennis gepleegd te hebben door het storen van een wijze man, die bezig is met het overdenken van de wetten van het leven. Ze verwachten een wildemanstoorn. De man blijft rustig op dezelfde plek staan en kijkt alleen maar voor zich uit. Als een rechter die geen vonnis wil uitspreken.

Ferdinand zet de overgebleven vis in de plastic zak naast het smeulend vuurtje en zegt: 'Laten we heel rustig weglopen.'

Ferdinand krijgt een app van Tina: *Bel me.*

Nu even niet, appt Ferdinand direct terug. Opnieuw hoort hij een appje binnenkomen. Ferdinand kijkt geïrriteerd om en geeft de telefoon aan Lotte en maakt een kapbeweging. Stop!!

Lotte leest het bericht van Tina. *Jullie moeten snel naar Amsterdam komen. Neem het eerste vliegtuig.* Lotte wil de telefoon aan haar man geven. 'Nee,' zegt Ferdinand, 'los het zelf maar op.'

Ferdinand denkt te weten dat Tina weer in de problemen zit. Hij kan er nu niks bij hebben. Hoezo, de eerste vlucht nemen? Nu gaan andere problemen voor het gezeur over een of ander griepvirus. Ze heeft altijd wat.

Op zoek naar Adrian

Adrians ruïne en de noordwest-helling van de vallei komen in de namiddagschaduw te liggen. De zon zakt snel achter de bergen en laat een roze gloed na. Even later valt de duisternis al in, even geheimzinnig als voorspelbaar. Het gekrakeel van krekels maakt plaats voor stilte. De koelte van de rivier stijgt op en vult geruisloos het dal.

In een haast museale sfeer zitten de jongedames bijeen. De klamboe hangt scheef, hun kleren liggen tot aan de enkels verspreid op de grond. Elisabeth steekt een sigaret op en scherpt met nicotine haar gedachten. In plaats van een helder betoog begint ze over haar angst voor het ondier, het onbekende 'mysterious beast' zoals ze het eerder nog noemde.

Catherina hoorde zo'n beest eens langs haar tent schuren en dacht dat het een vos of een wild zwijn moest zijn. Elisabeth denkt eerder aan een prehistorisch wezen, zoals een leguaan. Ze meent er in de buurt een van ongeveer zestig centimeter gezien te hebben.

'So what, die dieren willen niets van je, ze zijn niet gevaarlijk, je schrikt alleen even.'

Carla beaamt de geruststellende mening van Alice. Beiden zijn nu nuchterder dan de overwegend rationele Elisabeth.

'Zullen we buiten chillen?'

Ze halen de Chinese brander en hangen die, zoals Adrian op andere avonden, aan een tak van de appelboom voor de opening waar vroeger de hoofdingang zat en proberen licht te maken. Adrian is eigenlijk de enige die het apparaat fatsoenlijk kan aansteken. Een woest ontsnappen van gas behoort met een lucifer over te gaan in lichtblauw vuur van het branden van het kousje, waarna rustig wit licht ontstaat.

Het lukt de jongedames niet het geval aan te steken. Ze trekken uit schrik voor het gebrul van ontsnappend gas steeds de lucifer terug en steken dan maar kaarsen aan. Het warme licht verlicht de ruimte onder de appelboom. Een avondbriesje buigt de vlammen maar ze veren net zo vaak weer omhoog.

Waar Adrian nu is blijft onbekend. Catherina, Lotte en Ferdinand zijn tegen de afspraken met de politie in weggegaan om zogenaamd boodschappen te kopen. Andy is nergens te vinden en Chris is voor verhoor meegenomen. Chad en Dave zullen de actie wel nabespreken met de DEA-agenten in Ventimiglia of zitten al in het vliegtuig terug naar de United States.

Elisabeth verzucht: 'Ik blijf niet wachten tot de politie hiernaartoe komt. We laten het kaarslicht gewoon branden en gaan naar 't kerkje. We moeten doen alsof we gewoon thuis zijn.' Elisabeth laat ook muziek uit haar iPhone klinken om de politie te misleiden.

Carla fluistert: 'Via de terrassen gaan we naar een plek voorbij het huis van Hermon, daar steken we de rivier over en wachten bij het kerkje af wat daar gaat gebeuren.'

Elisabeth heeft alle pro's en contra's doorgesproken, het voorstel klinkt beter dan onbeschermd in het duister blijven afwachten in een ruïne zonder ramen en deuren. Ze zijn het eens en gaan.

'Je bent gek,' zegt Carla, die ziet hoe Elisabeth zich gewoontegetrouw opmaakt. 'We gaan niet uit.'

'Je hebt gelijk, ik doe het voor mezelf,' antwoordt zij eerlijk en om haar gezicht te redden. 'Je brengt me op een idee, we moeten alle drie apart gaan.'

'Waarom?'

'Alice, als we met ons drieën gaan, blijven we toch tegen elkaar kletsen. Dan verraden we onszelf. Ook als risicospreiding. In geval één van ons wordt gezien, hebben we er nog twee over om Adrian te redden.'

Vanaf dat moment fluisteren ze, gezamenlijk lopen ze een stukje de rivier af. Een voor een met een afstand van tien à vijftien meter klauteren ze de oever op. Eerst gaat Carla, dan Elisabeth, en zodra zij in de begroeiing van de oever zijn verdwenen, zal Alice als laatste gaan. Zij zal achter het huis van Hermon uitkomen en het kerkje via de achterkant benaderen.

De maan staat boven de bergkam en verlicht het dal. Het lukt Carla de laagsgewijs gevormde rots te beklimmen, ze controleert of ze niet per ongeluk een dorre tak vastgrijpt waaraan zij geen houvast heeft en door het knappen mogelijk geluid veroorzaakt. De politie zal ongetwijfeld boven op het pleintje verdekt opgesteld staan en moet niet gealarmeerd worden.

Zoals afgesproken klimt zij, met pijn van stoten en met schrammen tot aan de bovenrand. Daar zal zij wachten op Alice, die via de daken van de omringende huizen op de galerij om het torentje van het kerkje zal verschijnen en het teken 'veilig' zal geven. Het lijkt hun een geniaal plan om op deze manier naar de plek te gaan waar zij getuigen hopen te zijn van de onthulling van het mysterie dat al één slachtoffer heeft gemaakt.

Elisabeth klautert als een berggeit omhoog, na elke stap spitst zij haar oren, gericht op geluid uit het duister dat van alle kanten op haar afkomt. Ook zij bereikt met grote pupillen en bonzend hart de bovenrand. Zij houdt zich verscholen achter de stenen bank voor de kerk en wacht af tot het moment dat Alice het teken 'veilig' zal geven.

Inderdaad beweegt zich een dik uur later een gestalte in de ronde galerij onder de spits van de toren. Beide vriendinnen denken eerst dat het Alice is, zij zien wat ze verwachten te zullen zien. De gestalte laat zich aan een touw abseilen. De figuur kan alleen maar Adrian zijn, die zich met de katrol van de kabelbaan als een alpinist laat zakken! Hij zet zich behendig en krachtig van de muur af en komt met een zwaai in de open boog van de omloop en verdwijnt daardoor uit het zicht.

Shit, dat gaat fout. Elisabeth voelt een sterke behoefte aan overleg en kijkt geschrokken in de richting van Carla. Ze had eerder op de avond al het voorgevoel dat het fout zou kunnen aflopen. Ze blijft afwachten. Een andere keus heeft ze niet. Ze ziet mensen uit hun huizen stappen, die op het geluid van de carabinieri afkomen. Het gaat fout, wat moeten we doen? Voor geen goud wil zij met haar vriendinnen door de carabinieri betrapt worden.

Adrian, slim als altijd, heeft zijn gezicht en haar wit gekalkt en zich gekleed in een witte overall om zo weinig mogelijk kans te maken tegen de achtermuur in het kerkje ontdekt te worden.

Alice alleen op weg

In de door de maan beschenen rivier loopt Alice die bewuste avond, zoals zij met haar vriendinnen heeft afgesproken, het laatste stukje alleen verder. Overdag hebben vlinders rond haar hoofd gefladderd en libellen naast haar laag boven het water gedanst. Alice kan niet weten welke zielen in deze 'knipogen van God' haar de komende apotheose zullen gaan begeleiden. Hoewel één mens, Salvatore, zijn leven verloor en Andy dichter werd, voelt zij zich in de verste verte geen godin voor wie die knipogen bedoeld kunnen zijn. Ze voelt precies wie ze nu is, niet meer en niet minder.

De ervaring van de onschatbare grootte van het heelal en de tijd die eindeloos is, geeft haar een onbeschrijflijk gevoel van alleen zijn, zonder pijn, gewoon om wie ze waarachtig is. Een enorme ruimte die niet opgevuld kan worden met herinneringen en niet gedeeld kan worden met haar vriendinnen, noch begrepen kan worden door haar ouders. In deze ruimte zonder grenzen waarvoor geen woord beschikbaar is, juist in die oneindigheid is Alice zichzelf geworden.

Koel water omstroomt haar lijf dat tintelt en rilt door afkoeling van haar nat geworden kleding. Verwachtingsvol naar de ontknoping van de dreiging die de afgelopen dagen in de lucht heeft gehangen, is zij vastberaden zich later weer bij haar twee vriendinnen te voegen die nu even uit haar zicht zijn.

Zij loopt over glibberig geworden stenen in het kabbelende water naar de andere kant. Haar gang is onzeker, zoals eerder toen zij Ferdinand bezocht, terwijl hij de libellentaal bestudeerde. Ze houdt zich vast aan neerhangende takken, trekt zich eraan op en zoekt de opening in het struikgewas die haar kan leiden naar de huisjes achter de kerk en hopelijk naar de oplossing van het raadsel van de verdwijning van Adrian.

Ze maakt glijdende bewegingen op stenen, die als versteende schedels half in het slijk vastgezogen liggen, gevangen in Moeder

Aarde, als tastbare herinneringen aan trotse gebergten die ooit de lugubere kopjes hebben opgespuugd die nooit de zee zullen halen. Gestolde eeuwigheden.

Alice vindt een veerkrachtige tak en kijkt omhoog de sterrenhemel in, allemaal gedachten van God, allemaal verdichtingen van gedachten onderweg naar haar en naar iedereen. Ook nieuwe gedachten die nog geen licht geven, die elk moment kunnen gaan schijnen. Ze trekt zich op, pakt een hogere tak vast en laat weer los om zich met de vrije hand een weg omhoog te banen. Langs een donkere, gapende holte in een rots, voor een deel afgesloten door een gordijn van neerhangende wortels.

'Pssst.' Een hand drukt haar mond dicht, grote donkere ogen met veel wit, kijken haar fixerend aan en ze voelt een tweede hand tegen haar achterhoofd. Alice zit bekneld tussen de twee handen, kan zich niet loswrikken, oh wrede natuur, spel van herhaling, van misleiding en onverwoestbare verwachting.

Alice kijkt even strak terug, begrijpend, fier, niet gehinderd door angst. Zij stelt de man gerust, deze onbekende, die haar in een reflex de rivier ingeduwd zou kunnen hebben, waar haar schedel op de bemoste stenen had kunnen barsten. Het moment van de waarheid dringt zich aan haar op, vooruitgaan naar een oplossing of terugvallen op de schedels van moeders die zijn blijven liggen. Moeders van wie, zo weet ze, weer afscheid genomen zal moeten worden.

Het wit rond de ogen van deze vreemde wordt kleiner. Ze pakt zijn pols met een mimiek van 'wat wil jij nou?' Zij merkt dat zijn arm ontspant en neemt hem een paar meter verder mee de grot in, naar een plek waar het maanlicht weinig doordringt. Ze tasten met hun blikken elkaars gezichten af.

'Who are you?' fluistert Alice.

'I escaped from Eritrea,' zegt de jongeman, en Alice weet dat het overwoekerd smokkelpad vorig jaar, volgens Hermon, nog door Albanezen werd gebruikt. Hij weet zeker dat er altijd mensen zullen zijn die moeten vluchten en hun bezittingen zullen moeten achterlaten.

'You fought in the civil war?'

'I don't want to fight in a civil war which shouldn't be fought, I fled. When I have reached France, I am safe.'

'You are only a few miles from the border.'

'I know, I heard noise of a heli, I didn't trust the situation and stayed two days here.''Hey, you are wearing Dave's clothes!' Wat zou het, denkt Alice.

Door het opdrogen van de natte kleding blijft zij rillen van de kou. De vreemdeling slaat zijn armen beschermend om haar heen.

'Are you…,' klappertandt ze en kan het woord dat op haar tong klaar ligt, niet pakken, het kan haar niets schelen. Haar vader vindt de heethoofdige Albanezen een raar volk vanwege het koppig vasthouden aan het communisme. Een ander volk vindt hij om een andere reden niet geschikt om in ons land op te nemen. Alice is de naam van dat volk vergeten vanwege hun recente geschiedenis, 'die hebben niets van de verschrikkingen van de Tweede Wereldoorlog geleerd'. '… Are you a muslim or a christian? A jew perhaps?' rilt ze, zich koesterend aan zijn lichaam. Ze weet dat er iets niet goed is aan fanatieke gelovigen. Behalve de eerste joden, de eerste christenen, de eerste moslims uit het verre verleden, alleen de eersten van alle religies zijn zuiver, zo heeft ze van haar vader begrepen.

'I want to be an European,' zegt de vluchteling, die vraagt of ze zijn trui wil aantrekken. Ze trekt de trui aan en het hinderlijke rillen houdt op.

'Do you want a cigaret?'

'No, are you mad, do you really smoke cigarettes in this beautiful nature?'

'I want to stop smoking soon,' zegt de vluchteling en steekt toch een sigaret op.

Alice neemt de sigaret en knakt die doormidden, ze kijkt hem uitdagend aan.

Hij is verrast, het samenzijn voelt in het halfdonker als een stralende ontmoeting. Hij lacht zijn witte tanden bloot, zij beantwoordt zijn lach.

Dit moment is voor Alice het samenkomen van haar meegemaakte ervaringen deze zomer. Als beloning voor haar inspanningen haar angst te hebben overwonnen, als antigif tegen de vloek die zij vreesde na het doden van de schorpioen. Als een echt begin.

Met haar lippen kust zij zijn hand, die hij weg wil trekken, wat niet lukt. Zo kussen ze samen zijn hand alsof het een gemeenschappelijk troeteldier is geworden. Ze tellen elkaars vingers en bekijken elkaars nagels in het schaarse maanlicht. Ze warmen zich aan elkaar, ze vergeten alle tijd en leggen hun vingers op elkaars mond, alsof zij al geheimen hebben zonder elkaar goed en wel te kennen.

Hij begint zacht een lied te zingen over het binnenhalen van de oogst in Eritrea, een trots en tegelijk ootmoedig lied, waarbij de dansers los van elkaar opgesteld staan in een cirkel, elkaars handen nemen en naar het middelpunt bewegen en weer terug, handen hoog als dank voor de oogst, als triomf op de woeste natuur.

Alice neuriet een lied over de liefde dat ze eerder nooit begrepen heeft, en nu, aan de melodieuze manier van neuriën te horen, wel begrijpt. Deze herinnering heeft Alice voor zichzelf gehouden. Ze heeft er nooit met iemand over gesproken.

Ontknoping

Catherina, Lotte en Ferdinand zijn achter de Romeinse brug de oever opgeklauterd en lopen over het smokkel pad, moe van de tocht en ontberingen, stilletjes achter elkaar aan. Zij hopen bij het kerkje meer te horen en op het spoor van Adrian te komen.

Vlak voordat ze bij het eerste huis van het gehucht aankomen, springen de carabinieri uit de bebossing tevoorschijn en schijnen met felle zaklantaarns in hun gezichten. Verlamd van schrik laten zij zich als konijnen in groot licht zonder enig verweer pakken.

Carla kijkt met ingehouden woede over de rand naar het tafereel. Haar ouders lopen gewoon achter de politie aan, alsof ze gezamenlijk boodschappen doen, als eendenkuikens, de een achter de ander.

Ze worden gemaand voor de kerk te wachten, nauwelijks twintig meter vóór Elisabeth, die zich niet meer in kan houden zodra de agenten naar de deur van het kerkje lopen. 'Mama,' fluistert ze.

Catherina kijkt na driemaal mama om, en ontwaart tot haar verbazing het hoofd van Elisabeth boven het muurtje.

'Adrian is in de kerk, je moet de politie afleiden!'

Catharina verstaat haar dochter niet of is te opgewonden om haar woorden te kunnen verstaan en loopt naar Elisabeth. Zij alarmeert daarmee onbedoeld de gezagsdragers, waarvan één Elisabeth meteen ontdekt.

Haar ogen schieten vuur van woede, en als Adrian niet in gevaar had verkeerd, had ze tegen haar moeders schenen geschopt en tegen die van de carabinieri. 'Shit,' sist ze.

'Het is haar dochter,' zegt de toegelopen Ferdinand om te sussen, tijd te winnen en zicht te krijgen op wat de bedoeling nu is. Ze moeten alle vier bij elkaar blijven en Carla, die het tafereel heeft waargenomen, loopt dan ook maar doodgemoedereerd naar hen toe. De carabinieri kijken ongelovig om zich heen alsof ze nog meer toeschouwers verwachten.

Hermon, de joodse architect die zich dicht bij de katholieke kerk in een afgelegen dal veilig dacht te hebben genesteld, komt met zijn vrouw hun huis uit en ze lopen nieuwsgierig toe.

De agent haalt zijn schouders op. Hij is in zijn spel gestoord en trekt een teleurgesteld gezicht. Hij had zich een situatie voorgesteld waarin hij als een soldaat in de frontlinie had moeten handelen om de criminele bende een grote slag toe te brengen. De man draait zich om, steekt de sleutel in het slot van de houten kerkdeur en duwt hem open. Met een routineuze handbeweging pakt hij de zaklantaarn die aan zijn heup bungelt en werpt het licht de kerk in, zijn collega doet hetzelfde.

De toeschouwers volgen en zien het Madonnabeeld schitteren en onaantastbaar haar gouden glans afgeven. Onschendbaar en in een staat van koele beheersing; als een bevroren moment in de eeuwige strijd die mensen voeren om gebied, geld of geloofskwesties.

'Ik heb het niet zo op gouden beelden,' mompelt Hermon.

De agenten zijn verblind door de gouden straling en twijfelen tussen devote knieling en verder zoeken naar de verdachte Hollander die zich hier zou moeten bevinden. Ze schakelen het aggregaat aan, waardoor honderden lampjes van de buitenverlichting met veelkleurige lampen gaan branden. Buiten de hoogtijdagen in september en bij huwelijken, liggen kluwen draden op de balustrade hoog achter in de kerk opgerold.

Adrian staat met zijn voeten te trappelen op de heet wordende lampen en dreigt zijn evenwicht te verliezen. Onder en naast hem gloeien de lampen als een inferno en vóór zich hoort hij geschreeuw. Hij kan door het felle licht in de kerk niets zien.

De agenten zijn verbijsterd bij het waarnemen van een gestalte die zich van de vaalwitte achtergrond losmaakt, naar voren helt en de ruimte van het kerkje in zwiept en weer terug slingert, die als een kerstengeltje aan een koord heen en weer zweeft in de richting van de Madonna, langs de Madonna scheert, terug zwiept en opnieuw richting Madonna vliegt, onderwijl stoot hij rauwe kreten uit.

De toeschouwers zien hoe de 'engel' tegen de Madonna aanbotst. Adrian grijpt zich vast aan het beeld dat mee omhoog gaat. De agenten zien het beeld dichterbij komen, het weer van hen af bewegen en dan weer stralender dichterbij komen. De Madonna zweeft met Adrian als een kerstengel naar de gewone stervelingen toe.

De agenten storten zich vanwege hun begane zonden op hun knieën ter aarde, bedekken met hun handen kermend hun gelaat in de hoop op die manier het vagevuur te ontlopen.

Adrian, de bouwmeester, die normaal gesproken alle mogelijkheden uitrekent en alle variaties in uitkomsten van zijn calculatie kan voorzien, had een haak in het gewelf gezien welke naar zijn inschatting zijn gewicht wel kon dragen.

Met een doffe dreun ploft Adrian, met de Madonna in zijn armen, neer. De Madonna breekt met het geluid van een vaas die in duizend scherven aan diggelen valt. Daarna trekt een wit gordijn van poeder op. De toeschouwers nemen waar hoe de witte engel en de uniformen aan hun zicht onttrokken worden. Even later zijn zij zelf door een mist omgeven. Zij snuiven de bepoederde lucht op, niezen het weer uit, komen in ademnood, slaan wild met hun armen om zich heen en happen naar lucht.

'Shit, shit.' Elisabeth wrijft met haar knuisten in haar geïrriteerde ogen. 'Wegwezen, het is cocaïne. Snel hier vandaan!'

Ferdinand is ineens opvallend helder van geest. Hij denkt met een snelheid van een computer en doorziet in een flits het gevaar waarin iedereen verkeert. De inhoud van de Madonna, eerst veilig verborgen achter haar gouden huid, kan dodelijk zijn. Cocaïne kan acute hartdood veroorzaken, de bloeddruk extreem verhogen, rupturen van bloedvaten geven, kortsluiting in het zenuwstelsel teweegbrengen.

'Eruit, eruit,' schreeuwt hij.

Samen met Hermon trekt hij de carabinieri aan hun voeten het kerkje uit, waar de anderen nog op de grond spartelen, sommigen blauw door zuurstoftekort. Anderen staan in een boogstand door de door cocaïne opgewekte aanvallen van epilepsie en maken schopbewegingen. De aarde schudt.

'Adrian, Adrian,' wordt er geroepen.

Dan verschijnt Adrian in de deuropening, de vernieler van de Madonna. Al steunend tegen de deurpost valt hij op zijn knieën op de drempel naast de andere lichamen neer.

Even later verschijnt Alice, ze hoorde het geluid van schoppen tegen de grond en onderaards gestamel en is direct op het lawaai afgekomen. Zij aanschouwt het tafereel in volle verbazing.

Het briesje blaast op het hooggelegen pleintje, in het schijnsel van de maan, veel wit poeder weg. De twee cipressen wuiven aristocratisch, ze staan verheven boven het menselijk gewoel.

Alice hoeft maar in de kerk te kijken en begrijpt bij het zien van de oude gouden vrouw, die in gruzelementen ligt, het wezen van dit type vrouw. Het is een vrouw die alle macht heeft en zich laat bewonderen zonder zelf van haar plaats te komen. Zij begrijpt hoeveel vernietigende haat moet zijn losgebarsten op het moment dat de Madonna op haar voetstuk wankelt en in duizend stukken breekt.

Alice gaat meteen de slachtoffers verzorgen. Ze legt hen in zijwaartse ligging neer zodat ze beter kunnen ademen, veegt het poeder weg en giet water uit een fonteintje over hen heen. Zij spreekt hen bemoedigend toe.

Het schouwspel doet denken aan orgastische zelfkastijding zoals in de middeleeuwen plaatsvond. Het staan en vallen, het horen van gorgelende geluiden en het uitvoeren van danspasjes en schreeuwen, een beeld dat je je kan voorstellen bij een apocalyps.

Afloop

Alice is na de voorlopige hechtenis in Genua terug in Bussaré en overdenkt de geschiedenis van de afgelopen zomer, ze gaat na wat er bij wie is voorgevallen. Ze moet in de nabije toekomst onder ede getuigen over het drama dat zich heeft afgespeeld bij de rivier. Ze zal de verklaringen, die ze na de arrestatie in staat van paniek heeft afgelegd, morgen voor de rechtbank moeten herhalen of corrigeren.

Het kost haar moeite de herinneringen scherp voor haar geest te krijgen, niet omdat het lang geleden is. Zij is delen kwijt en weet over details niet of het haar eigen herinneringen zijn of die van Elisabeth of anderen. Zij heeft ongewild het witte poeder binnen gekregen en vreest dat de rechters haar niet zullen geloven en denken dat ze overdrijft of de zaak kleiner maakt om strafvermindering te krijgen. Ze weet niet wat ze kan verwachten.

Bovendien heeft de natuur inmiddels hard teruggeslagen. Zowel Italië als Nederland zitten in een lockdown. Presidenten van Amerika en Brazilië ontkennen het gevaar. Ze zijn bang voor verlies van stemmen en opstand van de arme bevolking.

Haar verklaringen zijn van groot belang. Adrian is besmet geraakt door het coronavirus. Hij is in slechte conditie overgeplaatst naar een medische afdeling van een Huis van Bewaring. In voorarrest wegens verdenking van vernieling van roomse kerkschatten. De overige betrokkenen zijn vrijgelaten maar mogen Italië niet verlaten.

Lotte ligt op een intensive care unit. Niemand kan vertellen waar zij ergens in Italië is opgenomen. Met haar slechte conditie zullen de doctoren voor haar leven vrezen. De anderen verblijven, in afwachting van het verhoor van Alice, angstvallig bij elkaar in de vallei. Ze zijn bang voor wraakacties van inwoners van Olivetta.

Ook in Olivetta is het percentage besmette inwoners schrikbarend hoog. Elizabeth houdt de berichten over het aantal besmettingen per land en regio bij. Carla wil niets van de wereldwijde golf van dit virus weten, ze doet alsof de pandemie niet waar is. Zij meent dat er sprake is van een complot om mensen bang te maken, zodat iedereen de huidige anti-klimaatpolitiek blijft steunen.

Zelf denkt Alice aan een grote verandering van het collectieve bewustzijn van alle aardbewoners. Mensen zullen liever tegen elkaar zijn, de vervuiling van de wereld zal afnemen, grote bedrijven die te veel van hun klanten weten en met de gegevens handeldrijven, zullen opgeslokt worden door de overheden.

De grootste zorg gaat naar haar moeder uit. Zij krijgt niets te horen over haar toestand. De gedachte dat ze stervende is duwt zij met kracht weg.

Mocht Adrian op borgtocht vrijgelaten worden totdat de zaak dient, dan zal hij met de anderen snel naar Amsterdam willen vertrekken, mits hij hersteld is van de corona en Nederland niet code rood heeft gekregen.

Catherina heeft via Dante een hypotheek op de ruïne gekregen, zodat daarmee een borgsom kan worden voldaan.

De pers heeft de zaak uitvoerig uit de doeken gedaan. Er zijn verdachtmakingen geuit tegen Nederlanders die in hun eigen land immers een liberaal beleid voeren ten aanzien van drugsgebruik en in Italië zo maar even de orde komen verstoren... De persmuskieten hebben in een uitgebreid stuk zelfs de vroegere geschiedenis van dit handeldrijvende volk erop nageslagen. Waren zij niet de importeurs van thee en koffie, specerijen en later van morfine geweest, een middel tegen alle kwalen? Is Nederland niet het productieland en doorvoerland van crystalmeth? Een land dat een monopolie heeft op drugshandel en het doorsluizen van zwart geld?

Als vernieler van kerkschatten en medeplichtige in cocaïnehandel zou Adrian voor jaren achter de tralies kunnen verdwijnen en de teruggekregen borgsom weer kwijtraken aan kosten voor advocaten.

Gelukkig kan Adrian niet verdacht worden van drugshandel en vernieling van kerkschatten. Het schijnt dat men zijn verhaal wel wil aannemen, maar zij geloven zijn wijze van argumenteren niet. Adrian had gezegd dat alles een onbewuste heeft, niet alleen mens en dier, ook voorwerpen, waarbij hij de filosoof Hegel waarschijnlijk fout citeert. Ook gesprekken zouden een onbewuste laag hebben. Hij heeft het bevoegd college het gesprek van Saorge uit de doeken gedaan en uitgelegd dat de afkortingen van de geciteerde grootheden het woord Madonna hadden opgeleverd, zodat hij wist waar de ontknoping van het drama van Salvatore zou plaatsvinden.

Door spanningen in de groep studenten voelde hij ook gevaar voor zichzelf. Hij was van plan in het kerkje de ontknoping met zijn iPhone vast te leggen. De foto's die hij in de zweefvlucht heeft genomen zijn door overbelichting mislukt. Voor een crimineel van het kaliber voor wie de officier van justitie hem aanziet, zou het volstrekt onlogisch zijn foto's te nemen van zijn eigen misdaad.

Verder schrijft de krant kritische stukken over de dood van Salvatore. Was de liquidatie te voorkomen geweest? Zijn er communicatiefouten door de DEA met de Franse politie en die van Ventimiglia gemaakt? Heeft Adrian een schakel in een drugslijn ontdekt en liep hij daardoor gevaar? Speelt Tina, de kickbokser die zich bij dancefeesten ophoudt, een rol met haar ex-vriendje? Heeft Tina misschien als undercoveragent niet onder één hoedje gespeeld met Ferdinand, die misschien geen libellen observeerde maar in codetaal gevoerde gesprekken analyseerde? Is zijn quasi-leeshouding niet een dekmantel voor foute transacties van zijn oudste dochter in de cocaïnehandel?

Gevulde en lege gouden Madonna's kunnen tijdens de processies gemakkelijk verwisseld worden. Dit scenario wordt voorlopig door het OM als meest waarschijnlijke verklaring aangehouden. Indien bewezen, is Adrian een held die de volle bescherming van de plaatselijke bevolking verdient, dan heeft hij immers geen kerkschat vernietigd, maar een heidens, crimineel misbruik van de Madonna blootgelegd, zelfs de oorspronkelijke Madonna gered.

In de lokale krant zijn stukken gepubliceerd over herontdekking van oude smokkelroutes, de komst van Ndrangheta naar het noorden. En recent verscheen een paginagroot artikel over de twee agenten die volhouden dat zij een openbaring hebben gezien; zij zagen Maria witte tranen huilen en haar armen bewegen om zich over hen te ontfermen. Als er inderdaad een wonder is geschied, wat deert dan nog de moeilijk te interpreteren afloop van zo'n wonder. Dat zou toch even wonderlijk moeten zijn?

Het proces kan alle kanten opgaan en het is de vraag of men Alice wil geloven want ook zij heeft onbedoeld en ongewild cocaïne gesnoven, zij het veel minder dan de anderen.

Alice zit nu op een steen in de rivier en volgt libellen, de knipogen van God, de spiegeltjes van liefde, en ze streelt de steen waarop ze zit, waar Salvatore op stond.

Zij denkt aan Andy, die naar het schijnt naar Japan is vertrokken om Engelse les te geven en haiku's te vertalen. Van Chad en Dave, de twee Amerikaanse undercoveragenten heeft zij niets meer vernomen. Van Chris heeft ze een brief ontvangen met vragen over het resultaat van het onderzoek van Ferdinand. Zij schreef over de hechtenis van Adrian en het hele proces. Ook in Amerika is het aantal besmettingen hoog. Ze heeft hem krantenknipsels opgestuurd en hem succes gewenst met zijn verdere studie.

Alice herinnert zich slechts een deel van die bijzondere avond achter de neerhangende takken in de grot. Het is als een droom voorbij aan het gaan.

Alice zit nog met één vraag. Het verbrijzelde nepgouden beeld is nagemaakt, het is een kopie van de echte. Heeft de echte Madonna mij beschermd? Wie heeft haar gemaakt? Waar is zij?

Met haar vragen probeert zij haar bezorgdheid over Lotte op afstand te houden, zodat zij er zelf niet aan onderdoor gaat. Tussen haar overpeinzingen door schieten vluchtige beelden van haar moeder. Hoe ze aan de beademing ligt, met moeite haar ogen kan opslaan, met haar vingers het laken verfrommelt, hoe wanhopig zij moet zijn. Verpleegsters die het Italiaans spreken uit deze streek. Ze spreken wel tegen haar, ze ziet de lippen bewegen achter een doorzichtig masker, ze spreken maar zijn niet goed te verstaan.

Catharine is ondergebracht bij Antonio en zijn vrouw. Zij is voor Alice een tweede moeder, over haar hoort zij ook niets.

Ze ziet zichzelf weer op het dak staan en de halve schorpioen automatische bewegingen maken. Prikkels die na de dood nog werkzaam zijn en bewegingen veroorzaken. Het zal wel. Alice voelt zich niet schuldig meer over het splijten van de schorpioen, zelfs niet over het wel en wee in de wereld. Het gaat zoals het gaat.

Het licht speelt tussen de bladeren door met patronen op het water en de steentjes, ze liggen er nog.

HERZ FÜR AUTOREN A HEART FOR AUTHORS À L'ÉCOUTE DES AUTEURS MIA KAPΔIA ΓIA ΣYΓΓPAΦ
HARTA FÖR FÖRFATTARE UN CORAZÓN POR LOS AUTORES YAZARLARIMIZA GÖNÜL VERELIM SZÍVÜ
RE PER AUTORI ET HJERTE FOR FORFATTERE EEN HART VOOR SCHRIJVERS TEMOS OS AUTORI
ZÖINKÉRT SERCE DLA AUTORÓW EIN HERZ FÜR AUTOREN A HEART FOR AUTHORS À L'ÉCOUTE
ΡΑÇÃO ВСЕЙ ДУШОЙ К АВТОРАМ ETT HJÄRTA FÖR FÖRFATTARE Á LA ESCUCHA DE LOS AUTORE
AUTEURS MIA KAPΔIÁ ΓIA ΣYΓΓPAΦEIΣ UN CUORE PER AUTORI ET HJERTE FOR FORFATTERE EEN HA
LARIMIZ G ZÖINKÉRT SERCE DLA AUTORÓW EIN HERZ FÜR A
SCHRIE ORAÇÃO ВСЕЙ ДУШОЙ К АВТОРАМ ETT HJÄRTA FÖR F

De auteur

Hein de Jong werd in 1943 in Friesland geboren in
een gezin met acht kinderen. Zijn vader was jour-
nalist en schrijver. Na de hbs studeerde hij genees-
kunde aan de VU in Amsterdam. Hij specialiseerde
zich in psychiatrie en psychoanalyse en werkte
veertig jaar in Amsterdam in een eigen praktijk en
parttime als forensisch psychiater. Hij was medeo-
prichter van Stichting Psychoanalyse en Cultuur en
het Nederlands Tijdschrift voor Psychoanalyse.
Zijn interesse voor psychiatrie en psychoanalyse is
mede gewekt door psychische problemen van zijn
zus die leed aan psychoses, verslaving en multipele
trauma's. Over haar schreef hij de novelle Buiten
het Innerlijk.

Eerdere publicaties:
Wisselend Seizoen (1982), Een Psychoanalytische
Studie van Poëzie (2015), Onder de Hemel (2019),
Overgangen (2019), Her en Der (2021).

De uitgeverij

*Wie ophoudt
beter te worden
is opgehouden
goed te zijn!*

Op basis van dit motto zoekt uitgeverij novum
steeds nieuwe manuscripten! Ondertussen zijn wij in
Nederland, Duitsland, Oostenrijk en Zwitserland dé
specialist voor nieuwe auteurs.

**Elk manuscript dat wij ontvangen wordt gratis
door onze redactie beoordeeld.**

Meer informatie over onze uitgeverij en over onze
boeken kunt u op online vinden onder:

www.novumpublishing.nl

Hein de Jong

Onder de hemel

ISBN 978-3-99064-438-6
430 Bladzijden

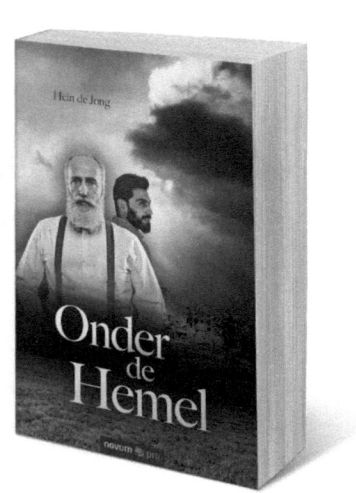

Dictators hebben vaders die onvoldoende waarachtig hun zonen liefhebben. De vader-zoon relatie wordt beschreven in het
formaat van landen en twee probleemgezinnen. Fascinerend,
beeldend en poëtisch geschreven met interessante inzichten en
actuele problematiek.

novum 🔊 UITGEVERIJ VOOR NIEUWE AUTEURS

Hein de Jong

Overgangen

ISBN 978-3-99064-558-1
58 Bladzijden

In "Overgangen" staan gedichten over de fasen in de levensloop. Emoties over moeder en vader krijgen speciale aandacht,
naast ervaringen uit het leven. In twaalf haiku's wordt de overgang van seizoenen in woorden gevat.

Hein de Jong

Her en Der

Korte verhalen

ISBN 978-3-99107-537-0
180 Bladzijden

Veertig intrigerende korte verhalen over herinneringen, dromen, fantasieën en gedachtenspinsels, die zich afspelen van
Friesland tot Rio de Janeiro. De verhalen zijn soms surrealistisch
of absurdistisch en laten een gevoel van vervreemding achter.